Sombras Bajo La Orilla:

Secretos de una Mina Dominicana

Victor Acosta

A mi abuela y a mi heroína Silveria Uribe "Bella" por inspirarme a lo largo de mi vida. Siempre decías "El Mundo Pertenece a Los Valientes" y no podría estar más de acuerdo contigo. Decidí escribir este libro para honrar tu memoria y testimonio de que nada es imposible, todos tenemos que ser valientes como tú.

Mis hijas Gigi, Lisamarie, Jessie y Kristen las amo con todo mi corazón, espero que esta novela las haga sentir orgullosas de su papá.

Mi mamá y mi papá gracias por darme vida y amor incondicional. Mis hermanos y familiares cercanos gracias.

Mi esposa Paula, gracias por creer en mí y hacerme un mejor hombre por cada respiro que tomo a tu lado.

Sombras Bajo La Orilla:
Secretos de una Mina Dominicana

Victor Acosta

PRÓLOGO

Tony Costa es un estudiante de último año de secundaria, pero su vida da un giro dramático cuando se gradúa. Su padre, Mario, queriendo darle un regalo de graduación memorable, planea un viaje a la República Dominicana para Tony y su madre. Sin embargo, el viaje da un giro inesperado cuando Tony se entera de la repentina muerte de su padre, que más tarde su padrino revela que no es solo un accidente, sino algo mucho más siniestro.

Con el corazón destrozado, Tony embarca en un viaje para descubrir la verdad sobre la muerte de su padre y el pasado de su familia. No fue una muerte ordinaria, sino una envuelta en misterio y engaño. Y así, con la determinación de descubrir la verdad, emprende en una búsqueda que lo llevará desde las bulliciosas ciudades de Italia hasta la escarpada e indómita naturaleza salvaje del Caribe a través de los diarios de su abuelo.

Tony de repente se encuentra en un viaje para descubrir la verdad del pasado de su familia. Este viaje lo llevará por el camino; donde aprende sobre su abuelo Antonio Rossi, un joven soldado que desertó del ejército italiano durante la Segunda Guerra Mundial, y Mario Rossi, el hermano de Antonio, un geólogo graduado con una sed insaciable de conocimiento.

A medida que Tony explora la verdad sobre el pasado de su familia, descubre que su abuelo y su tío abuelo Mario eran geólogos y empresarios mineros que tenían una operación minera en la República Dominicana. Exploraron, investigaron y perfeccionaron la minería de ámbar. Y la verdad sobre la muerte de Mario podría estar relacionada con su operación minera.

CAPÍTULO 1

La lluvia fuera del apartamento de Tony en el Bronx reflejaba la tormenta de emociones que rugía dentro de él. Mientras estaba sentado junto a la ventana, contemplando las gotas de lluvia que caían por el cristal, los recuerdos de su padre inundaron su mente. El dolor de la pérdida era un compañero implacable, un peso que Tony llevaba en lo más profundo de su ser.

"Lo extraño mucho", susurró Tony para sí mismo, su voz apenas audible contra la lluvia de tambores. La habitación parecía resonar con la soledad de su dolor.

La lluvia intensificó un ritmo implacable que coincidía con la cadencia de los pensamientos de Tony. No podía escapar del arrepentimiento que lo atormentaba, la inquietante idea de que diferentes opciones podrían haber preservado la calidez de la presencia de su padre.

Su memoria pintó escenas vívidas de su último viaje juntos. Las risas, las aventuras compartidas y el vínculo entre padre e hijo quedaron grabados en su cabeza. Los dedos de Tony se detuvieron sobre la foto de su padre como si el tacto pudiera revivir esos momentos.

—Si no nos hubiéramos ido, él todavía estaría aquí con nosotros —murmuro Tony, con la mirada fija en la ventana rayada por la lluvia—. Las palabras permanecían en el aire, cargadas con el peso de un incontestable 'qué pasaría si'.

El recuerdo de la memoria de su padre era un arma de doble filo. Proporcionaba consuelo, un recordatorio del amor que habían compartido, pero también profundizaba el dolor de la ausencia. La crudeza de la pérdida se sentía como si el tiempo se hubiera detenido, congelado en el momento en que su padre se había ido.

La habitación, tenuemente iluminada por el cielo nublado, se convirtió en un santuario de introspección. El diálogo interno de Tony continuó una conversación silenciosa con el fantasma del pasado. "Su memoria es tan vívida; Es como si fue tomada recientemente", confesó, con la voz entrecortada por el dolor.

En la soledad de su dolor, Tony luchó con el dolor que se negaba a atenuarse. La fotografía de su padre, sonriente y vivo, fue un testimonio de un amor que trascendió los límites del tiempo y el espacio.

"El dolor de extrañarlo todavía es palpable", reconoció Tony sus palabras como una admisión susurrada. La lluvia afuera parecía llorar en armonía con su lamento, una sinfonía compartida de dolor.

La habitación contenía los ecos sagrados de un hijo que lidia con la enormidad de su pérdida. Mientras la lluvia continuaba su danza melancólica, Tony cerró el álbum de fotos familiar, sabiendo que dentro de esas páginas, el espíritu de su padre residiría para siempre.

CAPÍTULO 2

De camino a casa de la escuela, charlando con Oscar y Luis, "Estoy tan emocionado por mi viaje de vacaciones de semana santa a RD", comenté con una amplia sonrisa.

"¡Oye, Tony! ¡SALTA! El tren está llegando". —grité Luis—. A medida que el chirrido del tren C se acerca a la estación de la calle 50, busco desesperadamente mi pase de tren en mi mochila.

"Espera. Espera. No encuentro mi pase", le grité.

"¡SALTA!", gritó Oscar en tono burlón.

"¿Se volvio loco Oscar? Quiere que salte y me meta en problemas". Me susurré a mí mismo mientras mi corazón latía con fuerza en mi pecho, podía sentirlo latir cada vez más rápido, y mi respiración de repente se volvió más intensa. El tren abre la puerta y oigo al conductor; "59th Street Station next ".

Me lanse mientras Óscar y Luis me aguantan la puerta; el cajero de la cabina grita a todo pulmón: "PAY YOUR FARE", mientras corro como un rayo dentro del tren.

Luis estalla en carcajadas. —Jajaja.
"¿Qué pasa pues? ¿Tienes miedo?" Dice Óscar con su acento colombiano.

Aterrorizado por lo que había hecho sabiendo que mi mama me mata si se entera. "¿De qué estás hablando? ¿No me viste correr? Solo estoy cansado; Déjame en paz. Le respondí.

"Entonces, ¿por qué vas para República Dominicana, otra vez para hacer qué?" Dice Luis.

Mientras recupero mi aliento, caminamos hacia la parte delantera del tren. "Voy a encontrarme con mi tía María por primera vez y con unos primos; Además, mi papá piensa que es un buen regalo de graduación".

"… ¡Guau!", dijo Luis

"… Entonces, va toda la familia; No sabía que eras un Jevito". Insinuando que mi familia tiene dinero para consentirme.

"Mi papá se encontraria con nosotros más tarde, me dijo que algo con unos materiales para el examen que tuvo que preparar en el trabajo".

Mi papá es Mario Costa, un profesor de la Universidad de Columbia que enseña Geología. La semana antes de nuestro viaje, dijo que estaba preparando algunos exámenes para su clase y que se reuniría con nosotros la semana siguiente en Santo Domingo, la capital de la República Dominicana, de donde viene mi familia, una isla pequeña y dividida en el Caribe.

Oscar sonríe: "Bueno, mira al Sr. Fancy Pants aquí, volando al Caribe para encontrarse con la familia y todo".

Me río, tratando de sacudirme la tensión de la escapada en la estacion, "Sí, sí. Un regalo de graduación, pero escuché que hay algo más. Ya sabes cómo son los papás de uno, siempre de misteriosos".

Luis sonríe: "Tu papá es profesor, ¿verdad? ¿Qué es lo que enseña?

"Geología", respondo. "Le gustan las piedras y esas cosas. Muy cool, supongo".

Oscar levanta una ceja, "¿Geología? Suena como aburridor".

Defiendo la pasión de mi padre: "Es más interesante de lo que crees. Siempre está hablando de estas rocas con nombres extraños. Amber, creo, es su última obsesión".

—¿Ámbar? Luis se hace eco. —¿No es eso lo que tiene los moquitos atrapados dentro, como en Jurassic Park?

"¡Sí, exactamente!" Asiento con la cabeza. "Al parecer, ha estado investigando minas en República Dominicana. Algún negocio familiar o algo asi".

Los ojos de Oscar se abren, "¿Minas? ¿Minas de oro?

"Creo que sí", respondo, "Y hay algo con Amber es como una vaina grande. El ha estado en contacto con unos primos que no sabíamos que ni existían. Es como una reunión familiar o algo así".

Luis levanta una ceja, "Entonces, ¿tú eres, qué, como, la realeza?"

Me río: "No tu ta loco. Probablemente solo gente normal, pero será interesante ver de dónde viene mi papá. Y quién sabe, tal vez hay un tesoro escondido esperándome".

El tren retumba a medida que nos acercamos a la estación de la Avenida Tremont. Oscar me mira con picardía: "Tesoro escondido, ¿eh? ¿Te importa compartir con tus amigos?"

Le sigo el juego: "Depende de cuánto me ayudes a disfrutar de mis vacaciones".

Nos bajamos del tren, las bromas continúan mientras nos dirigimos a casa. La aventura a República Dominicana me espera, llena de promesa de familia, descubrimiento y tal vez un toque de tesoro.

Al salir de la estación del tren hacia la AvenidaTremont, el vibrante ritmo del Bronx nos rodea. El barrio está vivo con su mezcla única de culturas y personalidades.

La bodega local en la esquina, con su letrero de neón parpadeando, nos llama con la promesa de papitas y bebidas frías. El aroma familiar de las cebollas asadas y las especias flota en los carritos de los vendedores ambulantes cercanos. Decidimos pasar por la bodega, un lugar pequeño pero bien surtido que parece tener todo lo que puedas necesitar.

En el interior, el viejo suelo de madera cruje debajo de nuestros tenis. Los estantes están repletos de una variedad de artículos, desde productos enlatados hasta plátanos. Detrás del mostrador, el dueño de la bodega, el señor Rodríguez, nos asiente con la cabeza, sin apartar los ojos de la pequeña televisión viendo telenovelas en la esquina.

Al volver a la acera, nos encontramos con la escena icónica del barrio. Siempre veo a "Doña Carmen" con su gabardina roja y, de hecho, está paseando a su pequeño poodle blanco. Nos regala una media sonrisa, con los ojos entrecerrados por años de vigilar el barrio desde la ventana de su apartamento.

Al final de la cuadra, un grupo de chicos jamaiquinos tocaba música reggae a todo volumen desde su auto, con el bajo vibrando en el aire. Nos saludan, su música convierte la calle en una animada pista de baile.

El loco Pedro, un personaje habitual del barrio, se acerca a nosotros con su usual entusiasmo. "¡Hola, panita! ¿Tienes una monedita de veinticinco chavito pa' mí hoy?"

Hurgo en mi bolsillo y le entrego una moneda de veinticinco centavos. Nos da las gracias con una sonrisa llena de dientes y se aleja arrastrando los pies por la calle.

Al pasar por el edificio, José vuelve a la carga, limpiando y puliendo diligentemente su Pontiac rojo. Los ritmos movidos de la salsa de Frankie Ruiz marcan el ritmo de su meticuloso trabajo. Nos hace un gesto con la cabeza e intercambiamos saludos.

Las vistas y sonidos familiares del vecindario nos acompañan mientras nos dirigimos a casa. Este lugar, con sus personajes vibrantes y su energía diversa, es el telón de fondo de nuestra vida cotidiana y, hoy, es el punto de partida de una nueva aventura.

CAPÍTULO 3

... ¡ MAMI! ¿HAS VISTO MI CEPILLO DE DIENTE? NO PUEDO ENCONTRARLO", grité a todo pulmón mientras nos preparábamos para nuestro viaje.

"Bueno, mijo, revisa tu maleta; Los empacaste, ¿verdad?". Mi mamá respondió con su voz tranquila y angelical.

Ya son las 5:30 a.m. y veo a mi papá sentado en la sala, mirando su reloj con entusiasmo. No sé por qué; Ya confirmó con el señor que siempre nos lleva al aeropuerto. Supongo que se pone ansioso en este tipo de viajes. El vuelo no es hasta las 11:00 a.m., y se tarda solo 45 minutos en llegar al JFK desde el Bronx. Mi mamá levanta el teléfono y me abre los ojos. Esa es mi señal para ir bajando que el carro ya está abajo.

Efectivamente, miro por la ventana y veo la misma camioneta blanca desvencijada de los años 80; Me estoy preparando porque sé que siempre huele raro. Me alegro de no haber comido nada en el desayuno.

Joe, el conductor, sale de la minivan para fumar un cigarrillo rápido. Es de Jamaica; Se nota por su acento y sus rastas. Ha estado llevando a mi padre al aeropuerto desde que tengo memoria. Mi papá es el tipo de persona que siempre se queda con lo primero que intenta y nunca busca algo nuevo.

"¡MAMI! ¿Qué tienes aquí? Pesa más que un ataud. Solo nos vamos por dos semanas". Me quejé mientras bajaba la estrecha escalera de nuestro apartamento en el cuarto piso. Mi mamá siempre empaca como si se fuera a irse de viaje por tres meses.

Mientras nos dirigíamos al aeropuerto, con el aire cargado de la anticipación de un viaje a punto de desarrollarse, mi padre se inclinó hacia mi madre con un suave susurro que parecía llevar el peso de mil preocupaciones tácitas.

—Lleven siempre consigo sus pasaportes y documentos —dijo, con una voz suave que se asomaba a los bulliciosos sonidos de la vieja minivan—.

Mi madre, una viajera experimentada con un atisbo de sonrisa en los labios, respondió: "Lo sé, Tony. Me lo has dicho mil veces. Su tono tenía una mezcla de exasperación cariñosa y tranquilidad, un testimonio de los innumerables recordatorios que se habían convertido en el preludio de cada viaje en el que nos embarcábamos.

Pero mi papá, con un instinto de padre que trascendía la rutina, insistió: "Solo quiero asegurarme de que todos estén bien". Sus ojos, reflejo de los años que pasó asumiendo la responsabilidad de salvaguardar a su familia, lo decían todo. No se trataba simplemente de pasaportes y documentos; Era una súplica silenciosa por el bienestar de sus seres queridos.

No pude evitar pensar que se preocupaba demasiado, pero estaba emocionado de tener una semana libre de la escuela antes que nadie. A medida que nos acercábamos al aeropuerto, mi papá se voltio hacia Joe, y le recordó: "No olvides recogernos el diezyseis; Llegamos en el vuelo de las 2:30 p.m.". Joe le afirmó: "Lo tengo en mi calendario, señor Costa". Con una pizca de sarcasmo, Joe preguntó: "¿Qué terminal otra vez?"

Mi papá respondió: "Terminal 8, en American. Supongo que lo escribiste. Se refiere a American Airlines como es su aerolínea favorita cada vez que viaja.

Podía sentir la ansiedad en la voz de mi padre. Finalmente, el letrero del Bienvenidos al Aeropuerto Internacional John F. Kennedy apareció a medida que nos acercábamos.

Mientras ayudaba a Joe a descargar las maletas de la minivan, noté que mi papá abrazaba a mi mamá con fuerza, una rara muestra de emoción de su parte. "Me alegro de que estemos haciendo este viaje juntos; Será una gran oportunidad para pasar tiempo de calidad en familia", dijo mi mamá.

Mi papá gritó: "¡Apúrate, Tony! Tienes que pesar las maletas".

Le respondí: "Lo sé, lo sé. Son solo las 6:15 de la mañana.; Todavía nos quedan tres horas". Mientras mi mamá y yo caminábamos hacia el mostrador, mi papá corrió de regreso a la minivan con Joe, probablemente debido a que los oficiales de estacionamiento les hacían pasar un mal rato por no ser un taxi.

Mientras esperábamos en el mostrador para pesar nuestrzxzas maletas, noté un McDonald's cerca de nuestra puerta y me moría de hambre.

"Mami, tenemos que caminar hasta la puerta 3. ¿Me puedes comprar Ma'Donal?" —pregunté en mi tono más persuasivo, sabiendo que mi mamá no diría que no. "Por favor, mami. Sabes que no me gusta mucho

la comida de avión, y es un vuelo de cuatro horas —
agregué, tratando de argumentar a favor de McDonald's.

"Ok, Tony, vamos a por el jodio Madonal ese",
refiriéndose a él con disgusto.

CAPÍTULO 4

Después de soportar dos horas y media de espera aparentemente interminables, el dulce alivio del progreso finalmente resonó en la terminal del aeropuerto. Resonaron los tonos dulces de la tripulación en la puerta de embarque llamando a los pasajeros de primera clase, que actuaba como un canto de sirena para los pocos privilegiados. Fue nuestra señal, aunque un poco prematura, para comenzar el ritual de unirnos a la fila que prometía el embarque y, con suerte, el final de nuestra prolongada espera.

Con un optimismo que rayaba en la ilusión, comenzamos la peregrinación hacia la puerta designada, con nuestros pasos impregnados de un renovado sentido de propósito. La perspectiva de encontrar nuestros asientos y acomodarnos en el abrazo del avión estaba tentadoramente cerca. Lo que no sabíamos era que un giro peculiar nos esperaba en este preludio de la partida.

A medida que nos acercábamos a la línea de formación, se produjo una sutil interrupción. Una anciana, aparentemente ágil a pesar de su avanzada edad, se abrió camino con pericia hacia la vanguardia, colocándose sin esfuerzo frente a nosotros. Una mirada momentánea entre nosotros transmitió un sentimiento compartido de incredulidad, la pregunta tácita que persistía en el aire: ¿qué acaba de suceder?

En respuesta, mi madre, con una sonrisa irónica adornando su rostro, se encontró con mi mirada incrédula. No era ajena a las reglas no escritas de navegar por espacios concurridos, especialmente cuando se trataba de una viejita Dominicana. En esa sonrisa, leí todo un capítulo de sabiduría cultural, un reconocimiento de que desafiar la precedencia de un anciano, especialmente uno con cierta aura matriarcal Dominicana, era similar a violar un código silencioso.

La anciana, ajena al microdrama que se desarrollaba detrás de ella, continuó su marcha confiada hacia la puerta, una pionera en la formación de la fila. Y así, nos pusimos detrás de ella, nuestro desconcierto eclipsado por el reconocimiento compartido de que algunas batallas era mejor no librarlas.

En esos momentos fugaces, la terminal del aeropuerto se convirtió en un escenario para una danza cultural, un ballet de etiquetas y entendimientos implícitos. La sonrisa de mi madre sirvió como un suave recordatorio de que, en el gran tapiz de la dinámica social dominicana, la jerarquía de la edad y el respeto era una fuerza a tener en cuenta. La anciana, sin saberlo, se convirtió en la matriarca de nuestra improvisada cola de embarque.

"Mami, estamos en los asientos 14A y 14B. Yo quiero el asiento de la ventana", dije mientras caminaba por el pasillo del avión. Siempre intentaba conseguir el asiento junto a la ventana, con la esperanza de que nadie se sentara a nuestro lado. "Atención, pasajeros, este es un vuelo completo. Por favor, saquen sus chaquetas y bolsos pequeños de los compartimentos superiores", anunció la tripulación de vuelo. Mi corazón se hundió cuando escuché el anuncio. "Por favor, Dios, no él", le susurré a mi mamá mientras veía a un hombre gordo mirando los asientos en busca de uno vacío. Sabía que mi mamá me haría cambiar de asiento. Efectivamente, terminé atrapado entre mi mamá y el hombre. Podía oír cada respiración que tomaba; Sería un vuelo largo.

Después de tres horas, le pregunté a mi mamá si podíamos cambiar de asiento. Sé que estamos a punto de aterrizar; el capitán anunció: "Tripulación de cabina, por favor tomen sus asientos para el aterrizaje". Puedo ver que el agua ya es tan hermosa. A medida que el avión desciende, se ve el exuberante paisaje verde de la República Dominicana.

Las aguas azules del Mar Caribe y el Océano Atlántico brillan bajo el sol, contrastando maravillosamente con las playas de arena y las palmeras que se mecen. La costa está salpicada de complejos turísticos, y se pueden ver barcos moviéndose en las aguas. El cielo azul claro y el sol que brilla en la isla dan una cálida bienvenida. A medida que el avión se acerca al aeropuerto, puedes ver la bulliciosa ciudad y el terreno montañoso en la distancia, dando una sensación de aventura que me espera.

A medida que descendíamos hacia Santo Domingo, no pude evitar sentir una sensación de emoción. Después de un largo vuelo, por fin íbamos a poder estirar las piernas y explorar la ciudad. Cuando el avión aterriza, se puede escuchar un sonido de alivio y aplausos de la mayoría de los pasajeros. Recuerdo que le pregunté a mi mamá por qué todos estaban aplaudiendo.

"Bienvenidos al Aeropuerto Internacional de Las Américas en Santo Domingo, la hora local es 1:30 de la tarde." Dice la señora de la tripulación de vuelo. Se puede escuchar el sonido de la gente desabrochándose antes de que el avión se detenga en la puerta de embarque.

El sonido de la campana del cinturón de seguridad llenó la cabina mientras todos se apresuraban a agarrar sus maletas de los compartimentos superiores y salir corriendo del avión. Sin embargo, las puertas aún no estaban abiertas. Los pasajeros se empujaban por su posición, tratando de ser los primeros en bajar del avión. Vi a mi mamá respirar hondo y recordarme que mantuviera la calma y que no me dejara atrapar por el caos. Tan pronto como se abrieron las puertas, salimos del avión y entramos en el aeropuerto. El cálido aire caribeño golpeó mi cara y no pude evitar sonreír. Habíamos llegado a Santo Domingo y nuestra aventura apenas comenzaba.

Al bajar del avión, mi corazón se acelera de emoción mientras los ritmos vibrantes de "GTA" Güira, Tambora y Acordeón llenan mis oídos. Mi madre y yo nos dirigimos hacia el control de inmigración, donde los sonidos centelleantes del "Perico Ripao" y el seductor aroma del Brugal, el famoso ron dominicano, nos reciben con los brazos abiertos. La energía de la nación isleña late por mis venas, sumergiéndome más profundamente en su vibrante cultura y su espíritu cautivador.

CAPÍTULO 5

Era un día alegre en la playa de Juan Dolio, el día perfecto para vacaciones. El cielo era de un azul brillante sin nubes, y el sol brillaba intensamente. La Playa Juan Dolio es un impresionante tramo de arena blanca ubicado a solo 45 minutos al este de Santo Domingo. La playa se extiende por kilómetros, lo que permite a los visitantes extenderse y tomar el sol.

Puedo sentir la arena suave y polvorienta entre los dedos de mis pies, perfecta para jugar y descansar. El agua es de un fascinante color turquesa, que me invita a darme un chapuzón en las suaves olas. El mar tranquilo y transparente lo hace perfecto para nadar, bucear y otras actividades acuáticas. La playa está rodeada de exuberante vegetación, lo que se suma a la sensación de paraíso tropical del lugar. Es el lugar perfecto para relajarse, descansar y disfrutar de la belleza natural del

Caribe. Con sus aguas cristalinas y su playa de arena blanca, Juan Dolio es un verdadero paraíso caribeño.

Sin embargo, en medio de la serena meseta del mar y la arena, no podía quitarme de encima la sensación de que algo pesaba mucho en la mente de mi madre.

Sentada sobre un trozo de madera desgastada, metió la mano en las profundidades de su bolsa de playa y sacó su viejo teléfono Nokia, cuyo tono de llamada rompía la suave sinfonía del océano. El identificador de llamadas reveló una verdad que cambió la atmósfera. Las líneas que grababan la preocupación en su rostro parecían profundizarse mientras escuchaba atentamente.

No pude evitar expresar la preocupación que flotaba en la brisa salada: "Es papi, ¿no?" Las palabras persistieron, la gravedad de la situación suspendida entre nosotros como el aire salado.

Su mirada se encontró con la mía, un destello de reconocimiento en sus ojos. La llamada terminó, y en esa pausa preñada, fui testigo de la transformación. La preocupación que había fruncido su ceño fue reemplazada por una tormenta emocional, las lágrimas brotaron mientras sostenía el teléfono.

La playa, un lienzo de tranquilidad, se convirtió en testigo involuntario del inesperado giro de los acontecimientos de nuestra familia. Como si nos preparáramos para el impacto de la tristeza compartida, encontramos un lugar apartado donde la arena se encontraba con las olas. El teléfono, un vínculo tangible con las noticias que habían interrumpido nuestro día idílico, se le escapó de las manos y aterrizó suavemente en la arena calentada por el sol.

Con una voz que temblaba de dolor y determinación, confirmó mis temores omisos: "Sí, es tu papá. La melodía del océano pareció desvanecerse, dejando solo el murmullo lejano de las olas y la cruda vulnerabilidad que permanecía en el aire.

– Tuvo un accidente -susurró ella, con las palabras cargadas como las de una tormenta repentina que había interrumpido el tranquilo paisaje de la playa. En ese momento, la playa se transformó en algo más que un telón de fondo escénico; Se convirtió en el escenario de una narrativa compartida de preocupación, amor e incertidumbre.

Rápidamente partimos hacia Nueva York y nos dirigimos directamente al Hospital Presbiteriano de Columbia al llegar. Mi corazón latía con miedo mientras me preocupaba por la gravedad de la condición de mi padre. No podía creer que esto estuviera pasando.

CAPÍTULO 6

Sentado en la sala de el apartamento de su infancia del Bronx, Tony mira fijamente el sobre que tiene en sus manos. Su madre estaba sentada frente a él, con lágrimas corriendo por su rostro mientras intentaba recomponerse.

"Tony, la muerte de tu papá... No fue un accidente", dijo temblando.

El corazón de Tony se hundió. Siempre había sospechado que la muerte de su padre era más que la historia oficial, pero nunca esperó escuchar estas palabras de su madre. —¿A qué te refieres? —preguntó, su voz apenas por encima de un susurro.

"No conozco todos los detalles, pero tu padre estaba investigando algo relacionado con el negocio pasado de tu abuelo antes de morir. Creo que debe haber descubierto algo, o a alguien, que lo puso en peligro", respondió su madre, con la voz quebrada por la emoción.

La mente de Tony corría con un millón de preguntas. "¿Por qué no me dijiste esto antes? ¿Por qué me hiciste creer que fue un accidente?

"No quería agobiarte con esto. Pensé que era mejor que recordaras a tu padre como un hombre amoroso y devoto, y tengo miedo por ti. No quiero que nos pase nada", dijo con la voz cargada de tristeza.

Tony no podía creer lo que estaba escuchando. Su padre, el hombre al que había idolatrado toda su vida, le había guardado secretos.

Sintió que una sensación de traición lo inundaba. "¿Sabes quién estuvo detrás de su muerte?", preguntó, con la voz entrecortada por la ira.

"No estoy segura. Tu padre nunca me habló de su trabajo; Todos sus documentos y archivos desaparecieron después de su muerte. Creo que alguien se los debe haber llevado —respondió su madre, con una voz apenas superior a un susurro—.

Tony sabía que tenía que descubrir la verdad. No podía dejar que la muerte de su padre quedara sin resolver. "Voy a averiguar qué pasó. No dejaré piedra sin remover", dijo, con determinación en su voz.

"Tony, por favor, ten cuidado. No quiero perderte a ti también", dijo su madre, con miedo en sus ojos.

"Lo tendré, te lo prometo", dijo, inclinándose para abrazar a su madre.

Sonó el teléfono; Tony caminó hacia la cocina y se sentó, respondió con un aturdido "¿Hola?"

"Tony, soy Enzo. Tengo malas noticias —la voz de Enzo al otro lado de la línea era pesada—. La muerte de tu padre no fue un accidente.

Enzo es el padrino de Tony y el Director de Desarrollo de Negocios Italianos de la embajada italiana en la República Dominicana.

Tony se enderezó y abrió mucho los ojos. "¿Qué? ¿Cómo?

"Se dice que fue un accidente, pero creo que puede haber más en la historia", dijo Enzo. Tu padre había estado investigando información sobre los negocios de exploración minera de tu abuelo en el pasado.

La mente de Tony estaba acelerada. "No lo entiendo. ¿Por qué iba a estar investigando eso?

"Creo que pudo haber descubierto algo que alguien no quería que supiera", dijo Enzo. —Tenemos que tener cuidado, Tony. Creo que la muerte de tu padre puede no haber sido un accidente. Quiero que busques los diarios de tu abuelo; Es posible que tengan algunas respuestas".

El corazón de Tony latía con fuerza. —¿Estás diciendo que alguien asesinó a mi papá?

"No puedo decirlo con certeza", dijo Enzo. "Pero tenemos que andar con cuidado. Haré todo lo posible para averiguar qué sucedió y mantenerlos informados. Y creo que esos diarios pueden darte las respuestas que estás buscando".

Tony sintió que una determinación crecía en él. "Encontraré esos diarios y no descansaré hasta descubrir la verdad sobre la muerte de mi papá".

—Entiendo —dijo Enzo—. —Ten cuidado, Tony. No sabemos en quién podemos confiar".

"Lo haré. Gracias, padrino", dijo Tony. "Hablaré contigo pronto".

—Mantente a salvo, Tony —dijo Enzo antes de colgar—.

Tony se sentó en la mesa de la cocina, con el peso de las noticias asentándose sobre él como una espesa niebla. La habitación, que antes era familiar y reconfortante, ahora se sentía teñida de una extraña sensación de vacío. Su padre, una presencia constante en su vida, se había ido, dejando tras de sí un vacío resonante que parecía reverberar dentro de las paredes.

Su madre, sintiendo la tormenta de emociones que se agitaba en el interior de su hijo, entró en la cocina en silencio. El aire estaba cargado de un dolor no expresado, y cuando ella se sentó a su lado, el silencio se interpuso entre ellos como un frágil puente entre el dolor compartido.

—Tony —empezó ella, con un suave murmullo que intentaba navegar por el delicado terreno de la pérdida—. "Sé que esto es increíblemente difícil para ti. Perder a tu papà es inimaginable".

Tony miró a su madre, sus ojos eran un espejo que reflejaba la confusión en su interior. —Sí —le contestó, con la voz cargada con el peso de una realidad que todavía luchaba por aceptar—. "Nunca pensé... Es decir, el siempre estuvo ahí".

Se prolongó una pausa pesada, llena solo por los sonidos lejanos del mundo exterior que se filtraban a través de la ventana: las risas apagadas de los vecinos, la calma rítmica del viento contra las cortinas.

Su madre, con la mirada llena de una mezcla de empatía y tristeza, extendió la mano para apretarle suavemente. – Lo superaremos, Tony. Junto. Tu padre querría que fuéramos fuertes.

Tony asintió, un reconocimiento silencioso de la determinación compartida de capear la tormenta que se avecinaba. Mientras su madre hablaba, una chispa de determinación se encendió dentro de él. Él la miró, el peso del dolor eclipsado momentáneamente por un brillo de propósito en sus ojos.

—Pero, mami —comenzó, ahora con voz más firme—, "no puedo aceptar esto sin saber la verdad. Necesito entender lo que pasó. Papi se lo merecía".

Su madre, comprendiendo la resolución en la voz de su hijo, asintió con la cabeza. —Encontraremos las respuestas, Tony. Los diarios de tu abuelo podrían tener la clave. A él le debemos saber la verdad".

Tony respiró hondo, el compromiso de desentrañar el misterio de la muerte de su padre echó raíces. "Voy a revisar los diarios del abuelo, mami. Tiene que haber algo ahí, alguna pista sobre lo que pasó".

Su madre le ofreció una pequeña sonrisa de apoyo. "Lo haremos juntos. Lo que sea necesario para encontrar la verdad, lo haremos juntos".

Y en ese momento compartido de dolor y determinación, el vínculo entre madre e hijo se convirtió en un pacto silencioso, una promesa de buscar la verdad, no solo para ellos mismos, sino para el hombre que ahora estaba presente en los recuerdos. La habitación, una vez envuelta en la pesadez de la pérdida, se convirtió en un espacio impregnado de una determinación compartida para descubrir las respuestas que yacían enterradas en las páginas de los diarios de un abuelo.

Al salir de su apartamento a las bulliciosas calles del Bronx a lo largo de Clay Ave, Tony supo que su búsqueda de la verdad sería un desafío. Aun así, estaba decidido a descubrir los secretos del pasado de su padre y finalmente encontrar un cierre para la tragedia de su familia.

CAPÍTULO 7

Tony se acercó a la cuadra de la calle 176 y golpeó la ventana de Oscar en el primer piso. "¡Oscar! ¡Ábre!" —exclamó Tony—.

Oscar abrió las ventanas y le hizo señas a Tony para que entrara al apartamento.

Una vez dentro, Tony y Oscar decidieron llamar a su amigo Luis para que se uniera a ellos. Oscar y Tony se reunieron alrededor de la mesa de la sala para llamar a Luis. "Hola Luis, lamento llamarte tan tarde, pero me acabo de enterar de algo importante", dijo Tony.

—¿Qué es? —preguntó Luis, preocupado.

"Acabo de recibir una llamada de mi padrino Enzo. Me dijo que la muerte de mi padre podría no haber sido un accidente", dijo Tony, con la voz temblorosa.

"¿Qué? ¿A qué te refieres? —preguntó Oscar, conmocionado.

"Cree que mi padre puede haber descubierto algo que alguien no quería que supiera", explicó Tony. "Es por eso que tenemos que ir a la oficina de mi papà en la Universidad de Columbia y ver qué podemos encontrar".

"Está bien, cuenta conmigo", dijo Luis. "Hagamos esto y averigüemos la verdad sobre la muerte de tu papà".

—Sí, hagámoslo —añadió Oscar, determinado—.

El trío decidió ir a la oficina del papà de Tony en la Universidad de Columbia para ver qué podían encontrar y desentrañar la verdad sobre la muerte del padre de Tony.

En medio de la noche nublada, los tres amigos se reunieron en la calle 116 y Broadway para entrar al campus de la Universidad de Columbia. "¿Estamos seguros de que es una buena idea?" —preguntó Luis, con la voz temblorosa por el miedo.

"Tenemos que hacer esto, Luis", respondió Tony. "Necesito saber la verdad".

"Está bien, pero tenemos que tener cuidado", agregó Oscar. "No queremos que nos atrapen".

Mientras caminaban hacia el edificio Schermerhorn Hall, donde estaba la oficina del padre de Tony, evadieron a dos guardias de seguridad, que casi los atrapan. —Tenemos que ser rápidos —dijo Oscar, mirando a su alrededor con nerviosismo—.

Pero en medio de la adrenalina, Luis se asustó y se fue. "No puedo hacer esto, chicos. No quiero que me atrapen", dijo antes de darse la vuelta y huir.

—¡Luis, espera! Tony gritó, pero ya era demasiado tarde. Oscar y Tony se encontraron debajo de una ventana abierta cerca del departamento de Geología. "Está bien, yo entraré y tú vigilarás", dijo Tony.

"Ten cuidado", respondió Oscar mientras observaba cómo Tony entraba al edificio. Tony encontró el camino a la oficina de su padre. Decía Rectorado de Geología, Dr. Mario Costa. Tony buscó en los archivos y casi lo atrapa de nuevo un guardia que hacía sus rondas. Pero logró escabullirse sin ser visto.

Mientras Oscar estaba afuera, vigilando el edificio, un guardia de seguridad se acercó a él. —¿Puedo ayudarle, señor? —preguntó el guardia, mirando a Oscar con recelo.

El corazón de Oscar comenzó a acelerarse mientras pensaba rápidamente en una historia. "Oh, solo estoy esperando a mi amigo", dijo Oscar, tratando de sonar casual. "Se reunirá conmigo aquí para ayudarme con un proyecto escolar".

El guardia parecía escéptico. "¿Qué tipo de proyecto?", preguntó.

—Es un proyecto de geología —dijo Oscar, pensando rápido—. "Estamos estudiando los diferentes tipos de rocas y cosas de la zona. Se supone que debemos recolectar muestras y hacer algunos análisis de ellas".

El guardia asintió, todavía con cara de escepticismo. —Ya veo. ¿Y dónde está ahora tu amigo?

—Está dentro, tomando algunas muestras —dijo Oscar, señalando el edificio—. "Debería estar fuera en cualquier momento".

El guardia miró hacia el edificio y luego volvió a mirar a Oscar. "Está bien, asegúrese de mantenerse fuera de las áreas restringidas. Y asegúrese de tener su identificación lista si necesitamos verificar".

—Por supuesto, por supuesto —dijo Oscar, asintiendo rápidamente—. "Nos aseguraremos de hacerlo".

El guardia le dirigió una mirada sospechosa más antes de darse la vuelta y alejarse. Oscar dejó escapar un suspiro de alivio y esperó a que Tony regresara sano y salvo. Se alegró de poder pensar sobre la marcha y crear una historia que convenciera al guardia de seguridad de que lo dejara en paz.

Mientras Tony buscaba en los archivos de la oficina de su padre, su corazón latía con anticipación. Sabía que estaba a punto de descubrir la verdad sobre la muerte de su padre. Finalmente, sus ojos se posaron en una carpeta con la etiqueta "Mina de República Dominicana". Sabía que eso era.

Tony abrió rápidamente la carpeta y comenzó a leer el contenido. En el interior, encontró información sobre una mina en la República Dominicana que su padre había estado investigando. Había mapas, informes geológicos y notas garabateadas con la letra de su padre.

Tony no podía creer lo que estaba leyendo. Su padre había descubierto algo grande que alguien no quería que se supiera. Al leer los informes, se dio cuenta de que su padre había encontrado un depósito masivo de oro y otros minerales preciosos en la mina.

Mientras seguía leyendo, Tony encontró un juego de llaves con una dirección. Sabía que eso tenia algo que ver. Esta fue la clave para descubrir la verdad sobre la muerte de su padre. Rápidamente puso las llaves y la carpeta en su mochila y le hizo señas a Oscar para que se fuera.

Los pensamientos de Tony se aceleraban mientras salía del edificio. No podía creer lo que había encontrado. Su padre había descubierto algo que al parecer alguien no quería que saliera a la luz. Estaba decidido a descubrir la verdad, sin importar lo que costara. Sabía que este era el punto de partida de un largo viaje, pero estaba preparado para el.

Tony y Oscar estaban a punto de salir del edificio cuando escucharon una voz fuerte detrás de ellos. "¡Oye, tú! ¡Detente ahí!" Era un guardia de seguridad. Sabían que los habían atrapado.

Tony y Oscar comenzaron a correr, pero el guardia les pisó los talones. Corrieron por los pasillos, tratando de encontrar una salida. Finalmente, llegaron a la salida e irrumpieron por las puertas.

El aire de la noche era fresco, pero Tony y Oscar sudaban y se quedaban sin aliento. Corrieron por el césped, con la esperanza de perder la guardia en la oscuridad. Pero él seguía pisándoles los talones, gritando a su radio pidiendo refuerzos.

Tony y Oscar doblaron una esquina y se encontraron en un callejón sin salida. Estaban atrapados. El guardia los alcanzó, jadeante y con la cara roja. "Muy bien, ustedes dos. Dame ese sobre que sacaste de la oficina", exigió.

Tony dudó, pero sabía que no tenía otra opción. Le entregó el sobre y el guardia se lo arrebató de la mano. Pero mientras el guardia revisaba el contenido del sobre, Tony recordó las llaves con la dirección en el llavero que había metido en su mochila.

"Está bien, ustedes dos. Están bajo arresto por irrumpir —dijo el guardia mientras los conducía de regreso al edificio.

El corazón de Tony se hundió al darse cuenta de lo que había hecho. Había sido atrapado, y la verdad sobre la muerte de su padre permanecería oculta. Mientras los llevaban a la oficina de seguridad, la mente de Tony estaba confusa. No podía creer que esto estuviera sucediendo.

Mientras el guardia de seguridad llevaba a Tony y Oscar de regreso a la oficina de seguridad, Oscar hizo un gesto sutil hacia la salida. Tony sabía exactamente a lo que se refería. Tenian que salir corriendo.

Sin previo aviso, Tony y Oscar corrieron hacia la salida. Corrieron como relámpagos. Llegaron a la puerta y Tony la abrió de un tirón, arrastrando a Oscar con él. Estallaron en el aire de la noche y salieron corriendo.

Los guardias de seguridad fueron tomados por sorpresa, pero rápidamente los persiguieron. Tony y Oscar corrieron por el césped, con el corazón latiendo con fuerza en el pecho. Podían oír a los guardias detrás de ellos gritando en sus radios pidiendo refuerzos.

Tony y Oscar llegaron a la calle y siguieron corriendo. Podían ver la estación de tren a lo lejos, y sabían que esa era su única esperanza de escape. Corrían como si sus vidas dependia de eso, con los pies golpeando el pavimento.

Llegaron a la estación del tren y, sin perder el paso, bajaron las escaleras. Llegaron al andén y se subieron al primer tren que había llegado. Cuando el tren se alejó de la estación, ambos se desplomaron en los asientos, jadeando y sin aliento.

Oscar miró a Tony con cara de derrota. "Perdimos el sobre", dijo Oscar, con la decepción evidente en su voz. "Todo eso funciona, y ni siquiera tenemos las pruebas que necesitamos".

Tony sonrió y metió la mano en su mochila. —No estés tan seguro —dijo, sacando las llaves que había sacado del despacho de su papà—. "Las guardé en mi mochila; No iba a permitir que los atraparan".

Los ojos de Oscar se abrieron de par en par con sorpresa. —¿Te quedaste con las llaves? ¡Tony, eres un genio!"

Tony sonrió. "Sabía que eran importantes. No podía arriesgarme a perderlas. Con estas llaves, finalmente podemos llegar al fondo de lo que le sucedió a mi papà".

En un lado del llavero, la dirección decía "230W ST, BX, NY". En el otro, el número "1812".

Oscar asintió. "Y la dirección en el llavero, probablemente ahí es donde encontraremos las respuestas que necesitamos".

Tony afirmó. —Exactamente. Todavía no hemos terminado. Todavía tenemos un largo camino por recorrer, pero estamos un paso más cerca de la verdad".

Oscar sonrió. "Vamos entonces. No tenemos tiempo que perder".

Tony y Oscar se pusieron de pie, listos para continuar su viaje y tratar de descubrir la verdad sobre la muerte del padre de Tony. Sabían que no sería fácil, pero estaban decididos a llegar al fondo del asunto, sin importar lo que costara.

Ambos sabían que este no era el final de la persecución, sino una fuga temporal. Ambos estaban emocionados por su descubrimiento, pero preocupados por lo que podría significar. Habían descubierto una pieza del rompecabezas al descubrir la verdad sobre la muerte del padre de Tony, pero sabían que aún quedaba un largo camino por recorrer.

CAPÍTULO 8

Tony se despertó temprano al día siguiente, con la mente llena de pensamientos sobre las llaves que había tomado de la oficina de su padre. Sabía que tenía que averiguar a dónde lo llevaria la dirección del llavero, y Óscar podía ayudarle.

Tony se encontró con Oscar en su casa. —He estado pensando en las llaves que nos encontramos anoche —dijo Tony—. "Creo que sé a dónde nos pueden llevar".

—¿Dónde? —preguntó Oscar.

"La dirección en el llavero, es un almacén de U-Haul en la calle 230", respondió Tony. "Creo que ahí es donde encontraremos las respuestas que estamos buscando".

Oscar confirmó. "Está bien, vamos a verlo".

Tony y Oscar llegaron a la ubicación de U-Haul en la calle 230 en el Bronx. Tony y Oscar intercambiaron miradas, con su curiosidad compartida grabada en sus rostros mientras se aventuraban en el edificio de almacenamiento.

Con un rápido giro de la llave, abrieron la puerta metálica del contenedor de almacenamiento 1812, revelando un mundo que parecía congelado en el tiempo. Las partículas de polvo bailaban en el aire mientras la puerta se abría con un chirrido, revelando un tesoro de artefactos olvidados y los ecos de una época pasada.

Los ojos de Tony se abrieron de par en par cuando se posaron sobre una colección de envaces de laboratorio cuidadosamente dispuestos en estantes, un testimonio silencioso de una búsqueda científica que una vez prosperó. —Mira esto, Oscar —exclamó, cogiendo un vaso de precipitados y dándole vueltas en las manos— "Son viejos, como muy viejos. El equipo de laboratorio del abuelo, supongo.

Oscar, con los ojos escrutando la parafernalia científica, sonrió. "Bro, esto es como entrar en una máquina del tiempo. Tu abuelo se tomaba en serio sus experimentos, ¿eh?

Tony asintió, con una mezcla de nostalgia y fascinación en sus rasgos. "Sí, lo era. Quiero decir, sabía que le gustaba la ciencia, pero nunca pensé que tuviera todo un laboratorio escondido allí".

A medida que profundizaban en la unidad de almacenamiento, desenterraban más tesoros: un tesoro de libros viejos con lomos desgastados, cada uno con el peso del conocimiento acumulado. Tony hojeó una de ellas, sus dedos trazando las palabras desvaídas. "Deben ser sus notas de investigación o algo así. No tenía ni idea de que se había quedado con todo esto".

Oscar, que ahora examinaba un antiguo microscopio con un ojo perspicaz, intervino: "Tu abuelo no era un tipo común. Parece que tenía toda una configuración aquí".

En medio de las reliquias científicas, se toparon con muebles de laboratorio, cada pieza susurrando historias de experimentos realizados y descubrimientos realizados. Tony pasó la mano por el borde de una mesa de madera desgastada, con la superficie marcada con las cicatrices de mil esfuerzos científicos.

"Esto es increíble", reflexionó Tony, con la voz teñida de asombro. "No tenía ni idea de que estaba tan metido en todo esto. Es como si tuviera una vida secreta".

Oscar se rió entre dientes, "Científico secreto, abuelo. ¿Quién lo hubiera pensado?

A medida que continuaban explorando el contenedor de almacenamiento, cada descubrimiento alimentaba su curiosidad y añadía capas al enigma del abuelo de Tony. El diálogo entre ellos se desarrolló como una narración, un viaje en el tiempo guiado por los restos de un laboratorio oculto, un lugar donde los sueños científicos alguna vez volaron y donde los ecos del descubrimiento persistieron en el aire.

"Parecen cosas viejas de una clase de laboratorio", dijo Oscar mientras hurgaba en los contenedores.

Tony asintió. —Sí, creo que tienes razón.

Buscaron por tudo el lugar, pero no pudieron encontrar nada que pareciera importante. Justo cuando estaban a punto de rendirse, Oscar se topó con un archivador escondido detrás de viejos mapas y cubierto con un viejo manto de pintor.

"Tony, mira esto", dijo Oscar mientras sacaba el archivador de detrás de los mapas.

Tony abrió el archivador y encontró un juego de libros forrados en cuero marrón que parecían diarios.

En el frente de cada libro estaban las iniciales "AR" en letras grandes. Tony supo de inmediato que estos eran los diarios de su abuelo.

"Oscar, mira", dijo Tony, con la voz llena de emoción. "Estos son los diarios de mi abuelo. Esto es; Esto debería tener la respuesta.

A Tony le temblaron las manos al abrir el primer diario. En el interior, encontró página tras página de meticulosas notas y observaciones, todas escritas con la pulcra letra de su abuelo. Hojeó las páginas, escaneó las palabras y asimiló la información. Inmediatamente le llamó la atención lo detalladas y minuciosas que eran las notas de su abuelo.

A medida que Tony leía el diario, sintió una sensación de asombro y respeto por su abuelo. El hombre había sido un verdadero científico, dedicado a su trabajo y apasionado por sus investigaciones.

Las entradas que le llamaron particularmente la atención a Tony fue sobre la mina en la República Dominicana. Su abuelo había escrito sobre la historia de la mina, los desafíos que él y su equipo habían enfrentado y los descubrimientos que habían hecho. También escribió sobre el contexto político y social de la época y cómo afectó a su trabajo.

Tony sintió un sentimiento de orgullo y conexión con su abuelo mientras leía el diario. Se dio cuenta de que su padre había estado siguiendo los pasos de su abuelo y que la muerte de su padre tenía algo que ver con la mina y la información que su abuelo había descubierto.

Tony sabía que tenía que seguir leyendo los diarios, para averiguar más sobre la mina y descubrir la verdad sobre la muerte de su padre. Sintió una determinación renovada y supo que tenía que terminar lo que su padre y su abuelo habían comenzado.

Tony y Oscar se apresuraron a regresar al apartamento de Tony, ansiosos por leer los diarios que habían encontrado. El día se había nublado y parecía que estaba a punto de empezar a llover. Cuando entraron al apartamento, la madre de Tony estaba sentada en la sala de estar, viendo las noticias en la televisión.

"Tony, ¿dónde has estado?", le preguntó su mamà.

Tony no respondió; Pasó corriendo junto a ella y se dirigió directamente a su habitación. Cerró la puerta detrás de él, con Oscar siguiéndolo de cerca. Tony cerró las cortinas de las ventanas y encendió la luz del escritorio, se sentó en su silla y dejó los diarios sobre su escritorio. Oscar se sentó impaciente en la cama de Tony, observando cómo éste levantaba con cuidado el primer diario de la pila, con las manos temblando de expectación. El diario estaba encuadernado en una cubierta de cuero marrón oscuro, con las iniciales "AR" en relieve en color oro en el frente. Pasó los dedos por la cubierta, palpando la suave textura del cuero viejo y los bordes desgastados de las páginas.

Tony abrió el diario hasta la primera página y comenzó a leer. La entrada en el diario estaba fechada el 15 de junio de 1942.

Hoy ha sido un día largo y agotador. Estábamos estacionados en Sicilia, tratando de hacer retroceder el avance del enemigo. Los combates han sido intensos y las bajas han sido elevadas. He visto cosas que nunca pensé que tendría que ver en mi vida. Los gritos de los heridos y moribundos, el olor a muerte en el aire, es demasiado para soportar.

Hoy he perdido a muchos de mis amigos, hombres a los que me había acercado a lo largo de los meses que hemos estado estacionados aquí. No puedo evitar preguntarme si seré el próximo. La idea de morir aquí, es un peso constante en mi mente.

A menudo pienso en mi hogar y en mi gente y rezo para que estén a salvo. Temo por su seguridad, ya que el enemigo parece estar cada vez más cerca de nuestras costas. Desearía poder estar allí para protegerlos, pero estoy aquí, luchando en una guerra en la que ya no estoy seguro de creer.

He visto las atrocidades cometidas por ambos bandos, y ya no puedo justificar la violencia y la destrucción. Me he dado cuenta de que esta guerra no se trata de libertad y justicia, sino de poder y codicia.

No sé lo que me depara el futuro, pero temo por el destino de mi Italia. Solo puedo esperar que esta guerra termine algún día y que podamos comenzar a reconstruir y sanar de las heridas que se nos han infligido.

Durante la primavera de 1943, Sicilia estaba bajo ocupación nazi. A pesar de la opresión y las duras condiciones de vida, los italianos mostraron poca resistencia. Sin embargo, a medida que las fuerzas aliadas comenzaron a progresar, los italianos unieron fuerzas con ellos. Antes de los desembarcos, Sicilia era una de las regiones más afectadas de Italia, con racionamiento de alimentos y un próspero mercado negro debido a un bloqueo aéreo y naval. Los aliados bombardearon intensamente la isla, causando una destrucción generalizada y dificultando que los lugareños encontraran refugio. Muchos buscaron refugio en establos, cuevas y grutas; en Ortigia, incluso llegaron al complejo de túneles debajo de la catedral. En Catania, se escondieron en los túneles del anfiteatro romano, desesperados por escapar de los incesantes bombardeos.

Una tarde los compañeros de Antonio estaban hambrientos y desesperados por algo de comer. Recurrieron a Antonio, sabiendo que tenía la habilidad de encontrar comida en los lugares más inverosímiles.

"Antonio, ¿puedes salir a ver si puedes encontrar algo para comer? Preferiblemente que no sea tu bota porque ya hemos tenido suficiente sopa de suela", le preguntó en tono de broma uno de sus compañeros, Marco.

"Haré lo mejor que pueda, pero no puedo hacer ninguna promesa. Voy a ver si puedo encontrar algo mejor que mi bota", respondió Antonio con una sonrisa, sintiendo el peso de la responsabilidad sobre sus hombros.

Salio a las calles devastadas por la guerra, en busca de cualquier señal de comida. Pero las carreteras estaban vacías, las tiendas estaban cerradas y los mercados estaban vacíos. Antonio buscó por todas partes, pero solo pudo encontrar unas pocas ratas correteando por los callejones.

Mientras Antonio caminaba por las calles desiertas, no podía quitarse de encima el sentimiento de derrota. Había buscado en cada esquina, en cada callejón y en cada tienda, pero todo lo que pudo encontrar fueron puertas cerradas y estantes vacíos. Estaba a punto de darse por vencido cuando escuchó el débil sonido de correteos provenientes de un callejón. Se dirigió cautelosamente hacia el sonido y vio a un grupo de ratas corriendo. Al principio, le disgustaba la idea de comer ratas, pero a medida que los dolores del hambre se hicieron más fuertes, se dio cuenta de que esta podría ser su única opción.

Rápidamente escudriñó el callejón en busca de algo con lo que atrapar a las ratas; Sus ojos se posaron en la tapa de un bote de basura cercano. Lo levantó y, con un rápido movimiento, atrapó a una de las ratas que había debajo. Repitió el proceso hasta atrapar tres ratas, sintió una mezcla de culpa y arrepentimiento por tener que recurrir a tales medidas, pero sabía que era necesario para mantenerse a sí mismo y a sus compañeros con vida.

Mientras caminaba de regreso al cuartel, no pudo evitar pensar en las duras realidades de la guerra y cómo lo había reducido a cazar ratas para comer. Pensó en su familia en casa y en cómo probablemente estaban luchando tanto como él. Se prometió en silencio a sí mismo que, una vez terminada la guerra, nunca volvería a pasar hambre ni él ni sus seres queridos.

Antonio regresó al cuartel. Sus camaradas esperaban ansiosos su regreso.

"¿Encontraste algo? ¿O vas a hacer que nos comamos tus calcetines ahora?", preguntó Marco.

"Lo hice; Encontré algo mejor que mi bota o mis calcetines; Encontré unas palomas —mintió Antonio suavemente, tratando de ocultar la verdad—.

Sus camaradas estaban entusiasmados ante la perspectiva de una comida adecuada y agradecieron a Antonio por sus esfuerzos. Cuando se sentaron a comer, Antonio no pudo evitar sentir una punzada de culpa por no revelar los verdaderos orígenes de su comida. Pero racionalizó que era por un bien mayor, y que sus camaradas necesitaban comer. La comida fue un éxito, y todos la disfrutaron, y Antonio se sintió aliviado de que su secreto estuviera a salvo.

CAPÍTULO 9

10 de agosto de 1943

Ha sido un día largo y agotador. Los estadounidenses y las fuerzas aliadas se han apoderado de la mayor parte de Sicilia. El Gran Consejo Fascista italiano aprobó una moción de censura contra Mussolini, y quedó claro que ya no tenía poder sobre nosotros. Esta es una guerra perdida.

No estoy seguro de lo que estoy haciendo aquí. Me uní al ejército para servir a mi país, pero ahora parece que estoy luchando una batalla perdida. He visto tanta muerte y destrucción; Es difícil ver algún propósito en todo esto.

Antonio estuvo en primera línea de la batalla por Sicilia. Las fuerzas estadounidenses y aliadas se abrían paso a través de la isla, y las potencias del Eje estaban en retirada. Antonio y sus compañeros quedaron atrapados en medio de los disparos, tratando de mantenerse con vida todo el tiempo que podían.

—¡Vamos, Antonio! ¡Tenemos que seguir avanzando!", gritó Giuseppe, uno de los amigos más cercanos de Antonio en la unidad.

—¡Estoy haciendo lo mejor que puedo, Giuseppe! —gritó Antonio, tratando de seguir el ritmo de su amigo mientras corrían por las calles.

El sonido de los disparos y las explosiones llenaba el aire, y Antonio podía sentir el miedo y la adrenalina corriendo por sus venas. Sabía que podía ser alcanzado por una bala o un trozo de bomba en cualquier momento.

"Esto es todo; ¡Estamos acabados!" —gritó Marco—.

"No te rindas todavía; ¡Todavía tenemos una oportunidad!" —gritó Antonio, decidido a sobrevivir—.

Pero entonces, una bala atravesó la pierna de Antonio y cayó al suelo de dolor. Podía oír a sus amigos llamándole, pero todo se estaba volviendo borroso. Pensó dentro de el: "No estoy seguro de lo que estoy haciendo aquí. Esta guerra está perdida y es posible que no salga con vida".

A pesar del dolor y la agonía, Antonio logró arrastrarse a un lugar seguro. Sabía que tenía suerte de estar vivo, y no podía evitar lamentar haber quedado atrapado en medio de un conflicto tan brutal.

Mientras Antonio yacía en el suelo, supo que tenía que encontrar una manera de escapar de Sicilia. Apretó los dientes contra el dolor en la pierna y, con un esfuerzo decidido, se puso de pie. Podía oír los disparos cada vez más cerca, y supo que tenía que moverse rápidamente.

"Marco, Giuseppe, necesito tu ayuda", gritó Antonio a sus amigos.

—¿Qué podemos hacer, Antonio? —preguntó Marco mientras él y Giuseppe corrían hacia él.

"Tenemos que salir de aquí y rápido. Tengo una idea, pero necesito que confíes en mí —dijo Antonio, con la voz tensa por el dolor—.

Sin dudarlo, Marco y Giuseppe ayudaron a Antonio a llegar cojeando hacia las afueras de la ciudad. Vieron un pequeño bote amarrado en la orilla y vieron su oportunidad.

Desamarraron el bote y ayudaron a Antonio a subir a bordo.

—Tenemos que alejarnos de aquí, lo más que podamos —dijo Antonio mientras se alejaban de la orilla—.

—¿A dónde vamos? —preguntó Giuseppe mientras zarparon.

"Roma, la casa de mi hermana, ella nos ayudará", respondió Antonio.

El camino no fue fácil; tenían que evitar las patrullas enemigas y navegar a través de aguas peligrosas, pero finalmente lograron llegar a Roma.

Antonio se acercó cojeando a la puerta principal de su hermana Etna en Roma. Había logrado escapar de Sicilia con la ayuda de sus compañeros soldados. Su pierna sangraba y estaba débil por el largo viaje.

Al llamar a la puerta, oyó los pasos de Etna acercándose. Abrió la puerta e inmediatamente reconoció a su hermano. —¡Antonio! ¿Qué pasó? ¿Estás bien?", exclamó; su voz llena de preocupación.

"Estoy bien, solo una herida de bala en la pierna. Necesito tu ayuda", respondió Antonio, apoyándose en su hermana mientras entraba cojeando.

Etna lo ayudó rápidamente a sentarse en el sofá y fue a buscar un poco de agua y un botiquín de primeros auxilios. —Déjame echar un vistazo a tu pierna —dijo mientras examinaba suavemente la herida—. "No es demasiado profundo, pero hay que limpiarlo y vestirlo".

Mientras Etna atendía su herida, Antonio le explicó lo que había sucedido en Sicilia. "Es una guerra perdida", dijo, "no sé qué estaba haciendo allí. Solo tuve que disparar para mantenerme con vida todo el tiempo que pude".

Etna escuchó con el corazón apesadumbrado, comprendiendo la gravedad de la situación. "Tenemos que sacarte de aquí", dijo, "conozco a algunas personas que pueden ayudarnos. Te conseguiremos una nueva identidad y una forma de salir del país".

Mientras Etna trabajaba en los preparativos de su escape, Antonio pasó las siguientes semanas recuperándose en su casa. Hablaron de su familia y de sus planes para el futuro.

"No puedo agradecerte lo suficiente, Etna", dijo Antonio un día mientras se sentaban juntos en la sala de estar.

"Eres mi hermano", respondió Etna con una sonrisa, "siempre estaré aquí para ti".

CAPÍTULO 10

Mi hermano Mario me escribió:

15 de octubre de 1952

"Mi querido hermano, no puedo expresar la emoción que siento por las posibilidades de este nuevo mundo. La historia de la minería en el Caribe es rica, y realmente creo que todavía queda mucho por descubrir. Me sentiría honrado si te unieras a mí en este esfuerzo, y juntos podemos descubrir los secretos del pasado y construir un futuro mejor para nosotros".

Mi hermano Mario Rossi es un geólogo graduado apasionado por las historias y fábulas del nuevo mundo. Siempre le había fascinado la historia de la exploración minera y el potencial de descubrimiento en el Caribe.

Durante sus estudios en España, Mario se encontró con un libro de los años 1500 que narraba sobre la explotación española de los depósitos de oro en La Hispaniola. Le cautivó la idea de descubrir estas minas perdidas y su riqueza potencial.

Mario se enteró de cómo en la década del 1500s, el rey de España envió a Don Juan Nieto y Balcárcel a La Hispaniola para explorar depósitos de oro; Informó sobre una mina en un informe enviado al gobernante, en el que sugería que se restaurara la explotación de los depósitos, ya que decía que había producido más de un millón de coronas al trono anualmente.

Según documentos antiguos, España comenzó a explotar la mina en 1505. Después de quince años, fue abandonada, no por escasez de mineral, sino de mano de obra.

A medida que profundizaba en su investigación, Mario se dio cuenta de que República Dominicana era uno de los lugares más prometedores para explorar.

Comenzó a contactar con contactos locales y a recopilar información sobre las operaciones mineras en la zona, cual era ninguna.

Entonces, decidió escribir a su hermano Antonio, que todavía vivía en Italia. En su carta, Mario le contó a Antonio sobre el potencial de riqueza y aventura en la República Dominicana y lo instó a unirse a él en sus esfuerzos de exploración.

Antonio dudó al principio, todavía recuperándose de la guerra y de las heridas de Sicilia. Pero cuanto más lo pensaba, más se daba cuenta de que esta podría ser una gran oportunidad en su vida.

Finalmente, Tony cerró el diario y se recostó en su silla. No podía creer lo mucho que había aprendido del diario de su abuelo y lo mucho que le había afectado. Sabía que lo leería una y otra vez y que siempre ocuparía un lugar especial en su corazón. Se sintió agradecido por esta visión de la vida de su abuelo y la comprensión que le dio de su historia familiar y de los sacrificios hechos por su abuelo y muchos otros durante la guerra.

CAPÍTULO 11

15 de julio de 1952

Hoy me embarqué en un viaje que nunca pensé que tendría que hacer. Dejé mi país de origen, Italia, dejando atrás a mi familia y mi pasado. Abordé un barco mercante con destino a la República Dominicana bajo la apariencia de un monje franciscano y una nueva identidad, "Enrique Costa".

El viaje fue largo y agotador, 15 días en el mar, pero encontré consuelo en la compañía de una hermosa mujer llamada Isabella. Se dirigía a Santo Domingo. Pasamos la mayor parte de nuestros días hablando, y no pude evitar enamorarme de ella. Tenía una risa contagiosa y una chispa en los ojos que no pude resistir.

Compartimos muchas risas e incluso algunos bailes en cubierta bajo las estrellas. Ella me enseñó algunos movimientos de chachacha que me serán útiles cuando finalmente llegue al Caribe.

Por mucho que disfrutara de la compañía de Isabella, no podía deshacerme del temor que persistía en mi mente. No solo estoy viajando a un lugar nuevo; Estoy huyendo de mi pasado. Pero debo mantener mi mente en encontrar la mina abandonada que mi hermano Mario y mi primo Pablo están buscando.

No estoy seguro del futuro, pero estoy preparado para afrontarlo de frente.

Hasta la próxima,

Enrique "kike" Costa.

CAPÍTULO 12

En el verano de 1952, Antonio Rossi desertó de su país, dejando atrás a su familia en busca de un futuro mejor en el nuevo mundo. Sabía que la guerra en Europa no iba bien para las potencias del Eje, y que tarde o temprano sería procesado.

Era un día soleado y luminoso cuando abordé el barco mercante en el puerto de Livorno. El mar estaba en calma y el cielo era de un azul claro. Iba vestido de monje franciscano, mi nueva identidad era Enrique Costa, y llevaba sólo una pequeña cartera con algunos elementos esenciales. Sentí emociones encontradas cuando abordé el barco mercante que me llevaría en un viaje de 15 días a la República Dominicana.

Mientras me acomodaba en mi camarote, no pude evitar sentir una sensación de emoción e incertidumbre. Dejaba atrás todo lo que conocía y me embarcaba en una nueva aventura para reencontrarme con mi hermano Mario y mi primo Pablo.

A medida que pasaban los días, me encontraba cada vez más inquieto. El barco estaba lleno de otros pasajeros, pero la mayoría los mantuvo solos.

Pero mi viaje no estuvo exento de sorpresas. El segundo día, conocí a una joven llamada Isabella. Era fogosa y aventurera, siempre ansiosa por explorar el barco y comenzar una conversación. A pesar de mi disfraz de monje, me sentí atraído por ella, y pasamos muchas horas hablando y riendo juntos.

Isabella estaba vestida con un atuendo formal y elegante, y su cabello estaba peinado en un recogido de moda. Tenía un aire de riqueza y clase. Había heredado una gran suma de dinero de su difunto marido. Se dirigía al Caribe para escapar de los recuerdos de su pérdida y comenzar de nuevo.

Isabella tenía un gran sentido del humor y siempre encontraba la manera de hacerme reír, incluso cuando sentía nostalgia.

"No puedo creer que estés viajando al Caribe vestido de monje", dijo Isabella con una sonrisa mientras nos sentábamos en la cubierta.

—Bueno, es una larga historia —replicó Antonio, tratando de mantener su tapadera—.

"Tengo tiempo", dijo con una sonrisa.

Era amable, divertida y tenía una energía contagiosa. Le conté más y más sobre mí, a pesar de que se suponía que debía mantener un perfil bajo.

"Me voy a República Dominicana a reunirme con mi hermano", le dije un día.

"¿En serio? ¿Qué hace ahí?", preguntó.

—Es geólogo —respondió Antonio—. "Ha estado allí durante años, buscando una mina perdida".

Los ojos de Isabella se abrieron. —¿Una mina perdida? Eso suena como una aventura".

—Lo es —dijo Antonio con una sonrisa—. "Solo espero poder encontrarla".

Una noche, mientras el barco navegaba por el Mar Caribe, se desató una feroz tormenta. Las olas crecían más y más, y los vientos aullaban. La tripulación luchó para mantener el barco a flote, pero estaba claro que estaban en grave peligro.

De repente, las olas se volvieron agitadas. El barco comenzó a balancearse violentamente y la tripulación se apresuró a asegurar la cubierta. En el caos, Isabella perdió el equilibrio y cayó por la borda. Antonio saltó rápidamente detrás de ella, pero la corriente era fuerte y fueron arrastrados lejos del bote.

La tripulación lanzó una balsa salvavidas y logró rescatarlos a ambos, pero no antes de que fueran atrapados en una marea de resaca y salieran al mar. A medida que la tormenta arreciaba, los ánimos de Antonio e Isabella comenzaron a flaquear. Tenían frío, estaban mojados y exhaustos, y sabían que sus posibilidades de sobrevivir eran escasas. Pero no perdieron la esperanza. Se mantuvieron animados el uno al otro, sabiendo que necesitaban ser fuertes el uno por el otro.

Estuvieron perdidos durante horas, a la deriva en la balsa salvavidas hasta que finalmente fueron rescatados. La experiencia sacudió a Isabella, y Antonio se sintió culpable por haberla metido en problemas.

CAPÍTULO 13

A medida que el barco se acercaba a la orilla de la isla, Antonio no pudo evitar sentir que una sensación de emoción y nerviosismo lo invadía. Había estado en este viaje durante 15 días, y el final finalmente estaba a la vista. Salió a la cubierta, respirando el aire fresco del mar y el cálido sol en la cara. Mientras miraba hacia el horizonte, vio las luces de Santo Domingo centellear a lo lejos.

Isabella se acercó a su lado. Ella miró la isla con él y dijo: "Es hermosa, ¿no? Nunca antes había estado en el Caribe. No puedo esperar a ver cómo es".

Antonio le sonrió y le respondió: "Es impresionante. Tampoco he ido al Caribe. Estoy emocionado de ver lo que tiene para ofrecer".

A medida que el barco se acercaba a la orilla, las luces de Santo Domingo se hacían más brillantes. La ciudad estaba llena de energía, y Antonio no podía esperar para poner un pie en la isla y comenzar su nueva vida. Se volvió hacia Isabella y le dijo: "¿Estás lista para esto?"

Ella sonrió y asintió, "Estoy lista para cualquier cosa".

Y con eso, el barco finalmente atracó en Santo Domingo, y llegó el momento de despedirse de Isabella.

"Te deseo la mejor de las suertes en tu búsqueda", dijo mientras se despedían con un abrazo.

"Gracias", respondió Antonio. "Nunca olvidaré el tiempo que pasamos en este barco".

A medida que pasaban los días, me encontraba cada vez más emocionado por la oportunidad que se avecinaba. Sabía que no sería fácil, pero estaba decidido a aprovecharlo al máximo. No podía esperar a reunirme con mi hermano y mi primo y comenzar la búsqueda de la mina abandonada que había cautivado la imaginación de Mario durante tanto tiempo.

Antonio llegó finalmente a Santo Domingo. Al desembarcar del barco, se dirigió a la salida del puerto y fue recibido por un grupo de hombres. Uno de ellos, un hombre alto, calvo y con un bigote espeso, se adelantó y dijo: "Bienvenido a la República Dominicana, mi hermano".

Antonio se llenó de alegría al ver a su hermano y a los dos hombres abrazaron fuertemente. "¡No puedo creerlo, Mario! Nunca pensé que te volvería a ver", dijo Antonio, con lágrimas en los ojos.

"Me alegro mucho de que lo hayas logrado, hermano", respondió Mario. "Tenemos mucho que ponernos al día. Pero primero, permítanme presentarles a nuestro primo Pablo. Es geólogo y ha estado trabajando con la expedición.

Pablo se adelantó y estrechó la mano de Antonio. "Bienvenido, Antonio. ¿Te acuerdas de mí?", preguntó Pablo con una enorme sonrisa.

"Llámame Enrique", dijo Antonio con una gran sonrisa.

—¿Enrique? —preguntó Pablo, confundido.

—Sí —dijo Mario con una risita—. "Teníamos que darle una nueva identidad. La República Dominicana está bajo la dictadura de Rafael Trujillo, y no podemos arriesgarnos a que lo descubran como un desertor. A partir de ahora, se le conocerá como Enrique Costa, Kike".

Antonio asintió, comprendiendo la importancia de mantener un perfil bajo. "Haré lo que sea necesario para mantenerme a salvo y ayudarte con tu expedición", dijo.

Ese día comprendí que mi vida estaba dando un giro para bien y que me esperaban nuevas aventuras. Esta isla iba a traer lo mejor de mí. Fui con ellos a una vieja cantina en el Malecón para tomar unas bebidas muy necesarias.

CAPÍTULO 14

Mario nos llevó a El Vesuvio, un encantador restaurante estilo italiano encaramado a lo largo del Malecón. El ambiente era sofisticado, con el mar Caribe como telón de fondo que se extendía en el horizonte. Mario los condujo a una mesa estratégicamente colocada para capturar la impresionante vista, un privilegio que le otorgaba el hecho de que su amigo fuera dueño del establecimiento.

Sentados a la mesa, el trío contempló el panorama del mar, las olas susurraban historias de aventuras lejanas. Mario, colocado en la cabecera de la mesa, cogió un viejo libro encuadernado en cuero que parecía contener los secretos de siglos pasados. Lo abrió con cierta reverencia, las páginas crujían suavemente como si despertara de un largo sueño.

Pablo, mirando el libro con curiosidad, no pudo evitar preguntar: "¿Qué es eso, Mario? ¿Algún antiguo mapa del tesoro?

Mario se rió entre dientes: "No un mapa, Pablo, sino algo igualmente valioso. Aquí —señaló el libro que se extendía ante él— es donde todo comenzó. Mi fascinación por la mina de oro comenzó aquí".

Cuando comenzó a hojear las páginas, el aire se llenó con el aroma de la historia y la aventura. Kike, con su interés despertado, se inclinó hacia adelante y preguntó: "¿Cómo terminaste leyendo libros de exploradores españoles antiguos?"

Mario sonrió: "En la universidad, me topé con estos viejos textos de los años 1500. Historias de aventureros y exploradores españoles que recorrieron estas tierras hace siglos. Y dentro de estas páginas, encontré pistas, e historias de una mina de oro que guardaba más secretos de los que nadie podría comprender".

El trío escuchó atentamente mientras se desarrollaba la narración de Mario, su voz cargaba con el peso del descubrimiento y la emoción de las historias no contadas. Cuanto más leía, continuó, más me convencía de que todavía había oro esperando ser descubierto en esa mina. Solo era cuestión de descubrir las pistas ocultas dentro de estos textos antiguos.

Pablo sonrió, levantando su copa en un brindis silencioso. "A los libros antiguos y a los tesoros escondidos", propuso.

Kike se unió: "Y a Mario, el explorador moderno".

A medida que las copas tintineaban, el trío se encontró en el nexo entre la historia y la posibilidad. El restaurante, con vistas a la vasta extensión del Caribe, se convirtió en un santuario donde los sueños de los antiguos exploradores resonaban con las aspiraciones de los que se sentaban a la mesa. Y dentro de las páginas de ese viejo libro encuadernado en cuero, aguardaba la promesa de una nueva aventura; uno que los llevaría al corazón de una mina de oro olvidada y a los ecos de siglos pasados.

A medida que continuaba hojeando las páginas, la voz de Mario se volvió más animada. "Cuanto más leía, más me convencía de que todavía había oro en la mina. Solo era cuestión de encontrarlo".

Después de terminar sus estudios, Mario se obsesionó con la idea de encontrar la mina de oro perdida. Revisó mapas y documentos históricos, y finalmente se dirigió a la República Dominicana.

Cuando comenzó a explorar la región, Mario se dio cuenta de que el gobierno era reacio a permitir que alguien buscara la mina. Pero estaba decidido a persuadirlos de lo contrario.

"Les dije que las riquezas que podríamos descubrir estarían más allá de su imaginación más salvaje", relató. "Les mostré los documentos históricos y los mapas que había recopilado y los convencí de que valía la pena explorar la mina".

Después de meses de negociaciones, finalmente recibí permiso para explorar los restos de la mina de oro del propio Hombre. Trujillo me mandó a buscar y me pidió que reuniera un equipo de expertos para comenzar a excavar el sitio.

En nuestro primer día en la mina, descubrimos pequeñas vetas de oro. Mi corazón se aceleró de emoción cuando me di cuenta de que estábamos en el camino correcto. Y por eso estás aquí. Mañana, nos dirigimos a la cueva de la que tengo un buen presentimiento.

No puedo esperar, dije con emoción. Mañana va a ser un gran día en el que todos levantamos nuestras copas y animamos con ron Brugal.

CAPÍTULO 15

Era la mañana del 7 de agosto de 1953, lo recuerdo bastante bien. Hermoso cielo azul y brisa cálida comenzamos nuestro viaje a Cotuí.

Cotuí es una ciudad en la región central de la República Dominicana y es una de las ciudades más antiguas del Nuevo Mundo. Es la capital de la provincia Sánchez Ramírez en el Cibao. Nos dirigimos a las montañas de Pueblo Viejo.

A medida que el equipo se acercaba a la cueva indígena abandonada, no pudieron evitar sentir una sensación de emoción e inquietud. La cueva fue una vez una fuente de oro para los colonos españoles durante el siglo XVI y había sido explotada hasta el punto de la extenuación. Sin embargo, persistían los rumores de que todavía se podía encontrar oro en las profundidades de la cueva, y el equipo estaba decidido a encontrarlo.

Cuando el equipo entró en la cueva, la voz de Pablo resonó en las paredes: "Este lugar es increíble, ¿puedes creerlo?"

"Lo sé bien", respondió Mario, "es increíble pensar en cuánta historia se esconde aquí".

A medida que se adentraban en la cueva, el equipo quedó impresionado por las intrincadas tallas de las paredes. Estaba claro que esta cueva tenía un gran significado para los nativos taínos que una vez habitaron la zona.

Mientras seguían caminando, Kike añadió: "No puedo esperar a ver qué más encontraremos aquí. Espero que descubramos algo realmente especial".

Mientras continuaban su exploración, el equipo se topó con una pequeña abertura en la pared de la cueva. Con la curiosidad superándolos, decidieron investigar más a fondo. Para su sorpresa, encontraron una pequeña cámara llena de artefactos de la cultura taína.

Los ojos de Pablo se abrieron de par en par con asombro cuando descubrieron los artefactos escondidos en las profundidades de la cueva. "¡Guau! Mira todo esto. Tenemos que documentarlo todo y asegurarnos de preservarlo", exclamó, con una emoción palpable.

En medio del tenue resplandor de sus linternas, el equipo se maravilló con los intrincados detalles y marcas de los artefactos taínos. "Es increíble ver lo hábiles que eran los taínos en la talla", comentó Mario, con una sensación de reverencia en su voz mientras observaba la artesanía de una pieza particularmente delicada.

A medida que continuaban su exploración, la cueva susurraba los relatos de su historia. Los vestigios de la civilización taína eran testimonio silencioso de una época pasada. Sin embargo, junto a los artefactos taínos, se hicieron evidentes los signos de la presencia de los colonos españoles. Los escombros mineros desechados y los restos de equipos mineros arcaicos insinuaban un tumultuoso capitulo en el pasado de la cueva.

Mario, trazando sus dedos a lo largo de los bordes desgastados de un objeto ceremonial taíno, no pudo evitar expresar sus emociones: "Hemos descubierto tanto hoy. Es importante mantener esto en secreto hasta que nos reunamos con El Jefe", en referencia a Trujillo, el dictador de la isla.

Pablo asintió con complicidad, reconociendo la delicada naturaleza de su descubrimiento. "Necesitamos armar nuestra historia antes de presentarle lo que estamos tratando de hacer aquí. No podemos dejar que su gente lo sepa todavía", aconsejó, enfatizando la necesidad de precaución.

A medida que regresaban a la superficie, el peso de sus hallazgos flotaba en el aire. El equipo salió de la cueva con una profunda sensación de logro. No solo habían explorado las profundidades de una cueva taína abandonada, sino que también habían desenterrado artefactos de gran importancia cultural, arrojando luz sobre la compleja historia de la región.

Mirando hacia la entrada de la cueva, compartieron un momento de reflexión. La cueva guardaba los secretos de una época pasada, y mientras se preparaban para reunirse con el poderoso general, el equipo comprendió la importancia de la delicada danza entre el descubrimiento y la discreción. Su viaje al corazón de la historia de la isla no había hecho más que empezar.

CAPÍTULO 16

Mientras nos reuníamos alrededor de la mesa con el Embajador Martínez, no pude evitar sentir una sensación de excitación nerviosa. Este hombre tenía el oído del propio Jefe, y su poder e influencia no debían ser subestimados.

"¿Cómo están eso doctores?", dijo el señor Martínez, con la voz empapada de arrogancia mientras daba una calada a su cigarro. Se reclinó en su silla y miró alrededor de la habitación, sus ojos se detuvieron en cada uno de nosotros por un momento antes de decidirse por Mario.

Estudié a Martínez mientras hablaba, observando sus rasgos afilados y su actitud segura. Era un hombre de negocios exitoso y propietario de varias empresas importantes en el país, y su relación con Trujillo era bien conocida. No fue una sorpresa cuando fue nombrado jefe del Ministerio de Minería de la República Dominicana.

—Entonces, Mario, pareces confiado en esta expedición —dijo, con la sonrisa aún en su lugar—.

Mario se enfureció al oír el tono de voz del señor Martínez. —Estoy seguro de mí mismo —dijo en voz baja y serena—. "He hecho mi investigación; Sé lo que hay ahí fuera".

Mario ya había hablado con Martínez, y pude ver el brillo dorado en sus ojos mientras sacaba muestras para presumir. Habló con una intensidad apasionada, convenciendo a Martínez de las riquezas potenciales que esperaban ser descubiertas en Pueblo Viejo.

Martínez se reclinó en su silla, considerando la propuesta de Mario. Contuve la respiración, esperando su respuesta.

Finalmente, habló. —Me gusta lo que escucho —dijo, con voz suave como la seda—. "Creo que podemos llegar a la inversión para el equipo que necesitas".

Martínez soltó una risita. "Y he hablado con el propio Trujillo. Está esperando resultados, ya sabes".

Mario alzó una ceja. "No estoy seguro de entender".

El señor Martínez se inclinó hacia adelante, con los ojos brillando de malicia. "Si no encontramos lo que buscamos, habrá consecuencias. Graves consecuencias".

"El Jefe no juega", dijo. Es decir, Trujillo no juega.

La sala se quedó en silencio, todos entendieron la amenaza detrás de sus palabras.

—Mira —dijo Mario con voz firme—. "Sé lo que está en juego aquí. He hecho mis deberes; Conozco los riesgos. Pero creo en lo que estamos haciendo y estoy dispuesto a correr ese riesgo".

El señor Martínez resopló. "Veremos cuánto dura esa confianza", dijo, antes de ponerse de pie y salir de la habitación, con el humo de su cigarro detrás de él.

Mario se reclinó en su silla, con expresión sombría. "Tenemos que tener cuidado", dijo. "El señor Martínez no es alguien a quien se deba tomar a la ligera".

El resto de nosotros asintió, con el rostro firme y decidido. Conocíamos los riesgos, pero también sabíamos las posibles recompensas. Íbamos a encontrar ese oro, cueste lo que cueste. Estuvimos un paso más cerca de descubrir el tesoro de Pueblo Viejo, y todo fue gracias a las habilidades persuasivas de Mario y las conexiones de Martínez.

Cuando terminamos la reunión y nos despedimos, no pude evitar sentir una sensación de emoción y anticipación. Nos estábamos embarcando en un viaje peligroso, pero con el apoyo de hombres como Martínez, podríamos tener éxito.

CAPÍTULO 17

Con la inversión del Embajador Martínez asegurada, nuestro equipo se dirigió rápidamente a la ciudad de Cotui con todo el equipo que necesitábamos. La emoción y la anticipación zumbaban en el aire cuando comenzamos a establecer el sitio de excavación en Pueblo Viejo, ansiosos por descubrir las riquezas que yacían ocultas debajo de la tierra.

A medida que nos adentrábamos en la tierra, el paso del tiempo transformaba los días en semanas, y cada día presentaba un nuevo desafío. Los minerales de sulfuro se aferraron obstinadamente a sus secretos dorados, resistiendo nuestros métodos convencionales y proyectando una sombra de frustración sobre nuestros esfuerzos. Sin embargo, sin inmutarnos, seguimos adelante con una determinación inquebrantable.

En medio de nuestra lucha colectiva, Mario, nuestro líder intrépido y siempre optimista, tuvo un momento de revelación. —¿Y si —propuso con un brillo travieso en los ojos— intentáramos algo en lo que los veteranos nunca pensaron?

Pablo se rió entre dientes, "Oh, el momento 'Eureka' está sobre nosotros. Ilumínanos, Mario.

Con un aire de misterio teatral, Mario dio a conocer su atrevido plan para extraer oro de los minerales de sulfuro, un método que nunca antes había aparecido en las costas de la República Dominicana. Hubo una pausa, una contención colectiva de la respiración, mientras sopesábamos los riesgos y las recompensas de este territorio inexplorado.

"Podríamos estar en algo grande", declaró Mario, con un optimismo contagioso.

Y así, con una mezcla de inquietud y emoción, pusimos en marcha el ingenioso plan de Mario. La maquinaria zumbaba, la tierra parecía contener la respiración, y entonces, como si el universo mismo reconociera la audacia de nuestra empresa, sucedió, como por arte de magia.

Los minerales de sulfuro renunciaron a su control sobre el metal precioso, y allí estaba, una cascada brillante de oro que emergía de la oscuridad. Nos quedamos asombrados mientras la luz del sol atrapaba cada partícula, convirtiéndola en un faro en miniatura de éxito.

Enrique no pudo evitar esbozar una sonrisa: "Bueno, Mario, supongo que ahora puedes agregar 'Alquimia' a tu currículum".

Mario, disfrutando del brillo de nuestro logro, guiñó un ojo y respondió: "¿Quién diría que convertir el sulfuro en oro podría ser tan divertido?"

Las risas resonaban en la mina, una sinfonía jubilosa que ahogaba los ecos de frustraciones anteriores. Nuestro viaje a través del reino subterráneo no solo había revelado riquezas ocultas, sino que también había revelado el espíritu indomable de un equipo decidido a conquistar los desafíos que yacían bajo la superficie.

Mario soltó un grito y levantó el puño en el aire mientras el oro fluía de los minerales de sulfuro. "¡Lo logramos!", exclamó. "Sabía que podíamos encontrar oro aquí".

Pablo asintió con la cabeza. —Tu persistencia ha dado sus frutos, Mario —dijo—.

"Sonreí, sintiendo que una sensación de orgullo y logro me inundaba. " Ha sido un esfuerzo de equipo", le dije. "No podríamos haberlo hecho sin el arduo trabajo y la dedicación de todos".

El sol poniente pintaba el cielo en tonos naranjas y rosas, proyectando un cálido resplandor sobre nuestro campamento. A medida que las llamas crepitantes de la fogata bailaban al ritmo de la vida, nos reunimos a nuestro alrededor, con un aire triunfal envolviéndonos.

Mario, el arquitecto de nuestro nuevo éxito, estaba de pie con un vaso en alto, con la luz parpadeante del fuego reflejándose en sus ojos. "Hacia el futuro", proclamó, con la voz cargando el peso de nuestros sueños colectivos. "Que este oro traiga prosperidad y felicidad a todos aquellos que lo busquen".

Con un aire de camaradería, chocamos nuestras copas, el sonido resonaba en el aire de la noche. El primer sorbo tenía el sabor del triunfo, un sabor tan rico y satisfactorio como el oro que habíamos desenterrado. Sabíamos que este momento quedaría grabado en los anales de nuestra historia compartida.

A medida que la noche se hacía más profunda, el fuego crepitante se convirtió en un faro de logro compartido. El aire estaba lleno de risas y del suave murmullo de la conversación. Enrique, con una sonrisa de satisfacción en su rostro, levantó una ceja y preguntó: "Entonces, Mario, ¿algún plan para este tesoro recién descubierto?"

Mario, el eterno optimista, se echó hacia atrás, las llamas bailando en sus ojos. "Bueno, amigos míos, las posibilidades son tan vastas como el océano. ¡Podríamos expandir la operación minera, invertir en la comunidad o tal vez construir un monumento a nuestro éxito!"

Pablo, siempre realista, intervino: "No olvidemos reservar algo para un día lluvioso. Al fin y al cabo, el futuro es incierto".

La noche transcurría, las estrellas presenciaban nuestras animadas discusiones sobre el potencial de nuestra nueva riqueza. Los sueños se entretejían en el tejido de nuestras conversaciones, cada palabra era una pincelada que pintaba una imagen de un futuro moldeado por nuestros esfuerzos.

Pero para esa noche encantada, mientras el resplandor de la fogata parpadeaba y proyectaba sombras en nuestros rostros, la única certeza era el oro que brillaba a la luz del fuego, la manifestación tangible de nuestro arduo trabajo, determinación y la esperanza que tenía para cada uno de nosotros. Fue una noche de pura alegría, una celebración del éxito que trascendió los límites del tiempo y el espacio, grabado para siempre en el tapiz de nuestro viaje compartido.

CAPÍTULO 18

La mañana después de nuestra exitosa exploración y descubrimiento de oro en Pueblo Viejo, nos despertamos con la impactante noticia de que el Embajador Martínez había estado involucrado en un terrible accidente automovilístico. El accidente había ocurrido cuando se dirigía a reunirse con El Jefe para discutir nuestra exploración.

Estábamos devastados por la noticia. Martínez había sido una figura clave en nuestra expedición, y su apoyo e influencia habían sido fundamentales para asegurar la financiación y los recursos que necesitábamos para llevar a cabo nuestra misión. Todos estábamos preocupados por su salud y seguridad y nos preguntábamos qué pasaría después.

A medida que avanzaba el día, aprendimos más detalles sobre el accidente. Había sido una colisión grave y Martínez había sufrido algunas lesiones, incluida una pierna rota y una conmoción cerebral. Estaba siendo tratado en un hospital cercano y su condición era estable pero crítica.

A medida que pasaban los días, esperábamos ansiosamente noticias de la recuperación de Martínez y cualquier actualización sobre nuestra situación. No estábamos seguros de cómo el accidente afectaría nuestros planes, y temíamos que sin el apoyo de Martínez, nuestros esfuerzos por extraer el oro podrían estar en peligro.

Sabíamos que teníamos que continuar con nuestra exploración y, con renovada energía y determinación, nos propusimos extraer el oro de los minerales de sulfuro utilizando un nuevo método que habíamos desarrollado. Fue un proceso desafiante y complejo, pero perseveramos, impulsados por el conocimiento de que nuestro trabajo traería prosperidad y oportunidades a nuestro país.

El peso de las devastadoras noticias sobre el fallecimiento del embajador Martínez flotaba en el aire mientras salía el sol en un nuevo día sombrío. El campamento que una vez había resonado con los sonidos de la esperanza y el triunfo ahora tenía los tonos silenciosos del luto. El fallecimiento de Martínez arrojó una larga sombra sobre nuestro equipo, dejándonos lidiar no solo con la pérdida de un aliado clave, sino también con la dura realidad de que nuestro vínculo con El Jefe se había cortado.

A raíz de esta tragedia inesperada, el dolor pintó nuestras conversaciones con matices solemnes. Mario, con un rostro que reflejaba tanto determinación como tristeza, habló en medio del sentimiento colectivo de pérdida. "Martínez no querría que nos rindiéramos", afirmó. "Le debemos a él y a nosotros mismos llevar esto a cabo".

Sin embargo, la dura verdad se cernía ante nosotros. Con Martínez fuera, nuestro secreto estaba ahora enterrado con él. Los corredores del poder que una vez habían estado abiertos para nosotros ahora estaban sellados. Una tensión palpable se apoderó del equipo mientras nos enfrentábamos a una encrucijada: abandonar la misión y renunciar a nuestros sueños o seguir adelante en las sombras, arriesgándolo todo.

Mario, con fuego en los ojos, nos reunía. "No podemos permitir que la muerte de Martínez sea el fin de nuestros sueños. Tenemos que seguir adelante, por él y por nosotros mismos".

Se tomó la decisión de persistir en nuestra misión, de continuar la operación clandestinamente. Los riesgos eran evidentes y las consecuencias del descubrimiento eran nefastas. Al embarcarnos en este camino encubierto, nos convertimos en sombras a la luz del día, trabajando con meticulosa precisión e inquebrantable determinación. Cada movimiento, cada transacción, estaba envuelta en secreto.

Enrique, con los ojos reflejando la gravedad de la situación, habló en voz baja durante una de nuestras reuniones clandestinas. "Ahora estamos solos. Tenemos que tener cuidado, cuidarnos las espaldas unos a otros y garantizar la supervivencia tanto de nuestra operación como de nosotros mismos".

Y así, bajo el velo del silencio, nos afanamos en las profundidades de la incertidumbre, impulsados por el recuerdo del Embajador Martínez y alimentados por la esperanza de que nuestros esfuerzos clandestinos algún día verían la luz del reconocimiento. Poco sabíamos que en las sombras se sembraron las semillas del peligro y la promesa, y nuestro viaje dio un giro imprevisto hacia los reinos del peligro y el secreto.

CAPÍTULO 19

Antonio paseaba por el Malecón en una tarde soleada de Santo Domingo. Al pasar por una de las tiendas, escuchó una voz familiar.

"¡Kike! ¿Eres tú? Era Isabella, la chica que conoció en el barco durante su viaje de Italia a República Dominicana.

Enrique se dio la vuelta y vio a Isabella parada frente a una pequeña tienda de costura, sosteniendo una tela. Tenía un aspecto tan hermoso como él recordaba.

—¡Isabella! —exclamó, con una sonrisa en su rostro—. "Es un placer verte de nuevo. ¿Cómo has estado?

—Me he portado bien —respondió ella, acercándose a él—. "Ahora trabajo como costurera, ofreciendo mis servicios a cualquiera que los necesite".

"Eso es genial", dijo Enrique, impresionado por su emprendimiento. – No sabía que tenías talento para coser.

Isabella sonrió. —¿Y tú? ¿Cómo te está tratando la Isla? ¿Encontraste a tu hermano?

Enrique no pudo evitar sentir una oleada de nostalgia mientras miraba a los ojos de Isabella, los años entre ellos se desvanecían en ese momento. "Tengo muchas historias que contarte", respondió, con una sonrisa genuina en sus labios. —¿Puedo decírtelo mientras tomamos un café?

Esa fue la mejor frase de Enrique para pedir una cita. Sabía que Isabella era el amor de su vida.

Los ojos de Isabella brillaban con una mezcla de curiosidad y calidez. "El café suena perfecto", dijo, con una suave risa escapando de sus labios.

Mientras se instalaban en una acogedora cafetería, con el aroma del café recién hecho envolviéndolos, Enrique se vio transportado en el tiempo. El tintineo de las tazas y el murmullo de los demás clientes se convirtieron en el telón de fondo de una historia que se desarrolló entre ellos.

—empezó Enrique, con la voz llena de la emoción de un narrador que desvela secretos guardados desde hace mucho tiempo—. "No creerías las aventuras que tuvimos en esas minas. Los desafíos, los triunfos y, por supuesto, los giros inesperados que nos mantuvieron alerta".

Isabella escuchó con una mezcla de diversión y genuino interés. "Siempre supe que estabas destinado a cosas extraordinarias", bromeó, con un brillo juguetón en sus ojos.

Enrique soltó una risita, las arrugas de su rostro contaban los relatos de las experiencias grabadas en su memoria. —Pero tú, Isabella, te has convertido en toda una emprendedora. Háblame de tu negocio de costura. Parece que has convertido una habilidad en un arte.

Isabella se sonrojó ante el cumplido, una mezcla de orgullo y humildad en su respuesta. "Bueno, ya sabes, una chica tiene que ganarse la vida. Y la costura me ha ido bien".

Charlaron durante horas, poniéndose al día sobre las complejidades de las aventuras mineras de Enrique y discutiendo los matices del viaje empresarial de Isabella. El café bullía a su alrededor, pero en ese pequeño rincón, el tiempo parecía haberse detenido.

Enrique no pudo evitar expresar su admiración. "Isabella, siempre has tenido una determinación increíble. Es una de las cosas que siempre me ha gustado de ti".

Una tierna sonrisa se dibujó en los labios de Isabella. —Y tú, Enrique, siempre el aventurero. He echado de menos escuchar tus historias.

Mientras se demoraban en los últimos sorbos de café, Enrique sintió que un calor se extendía a través de él. Isabella, con su espíritu emprendedor y su inquebrantable determinación, fue tan cautivadora como siempre. El café había sido testigo no solo del intercambio de historias, sino del reavivamiento de una conexión que el tiempo y la distancia no podían disminuir. Y en ese momento, Enrique supo que el amor que sentía por Isabella era tan eterno como las historias que compartían.

—Ahora tengo que irme —dijo Isabella, mirando su reloj—. "Tengo un cliente esperándome. Ha sido un placer volver a verte, Enrique".

—Ha sido un placer verte a ti también, Isabella —dijo Enrique, sintiendo una sensación de arrepentimiento mientras ella se alejaba—. No pudo evitar preguntarse qué podría haber sido si se hubieran conocido en circunstancias diferentes. Pero estaba feliz por ella y orgulloso de ella por seguir su pasión.

A medida que continuaba por el Malecón, tomó nota mental para mantenerse en contacto con ella y tal vez incluso visitar su tienda para obtener un atuendo hecho a medida.

CAPÍTULO 20

El corazón de Enrique se aceleró mientras estaba cerca de La Puerta del Conde, la puerta histórica que guardaba tantos recuerdos. No podía creer que el destino lo hubiera traído de vuelta a este lugar, a la única persona que siempre había tenido un espacio especial en su corazón: Isabella. El aire estaba cargado de anticipación cuando la vio acercarse, y no pudo evitar sentir una mezcla de emoción y nerviosismo.

Isabella, con su sonrisa contagiosa, vio a Enrique esperando cerca de la icónica puerta. Sus pasos se aceleraron y, cuando llegó a él, lo saludó con un cálido abrazo. "¡Enrique! Ha pasado demasiado tiempo", exclamó, con los ojos brillando de genuina felicidad.

Enrique sonrió, sus ojos reflejaban la alegría del momento. —Isabella, no tienes ni idea de lo mucho que te he echado de menos.

Pasearon juntos, recordando viejos tiempos y poniéndose al día con los años que habían pasado separados. La Puerta del Conde, un símbolo de la historia dominicana, se alzaba detrás de ellos, sus muros de piedra hacían eco de los cuentos del pasado.

Al llegar a un rincón tranquilo cerca de la puerta, Enrique respiró hondo, reuniendo el coraje para expresar lo que había estado sintiendo. —Isabella, hay algo que quería preguntarte.

Isabella lo miró con curiosidad, con el ceño ligeramente fruncido. —¿Qué pasa, Enrique?

Tomó sus manos entre las suyas, sus ojos fijos en los de ella. "Isabella, ¿considerarías vivir conmigo? Me he dado cuenta de que la vida es demasiado corta para estar separados, y quiero compartir cada momento contigo".

Una sonrisa se extendió por el rostro de Isabella, una mezcla de sorpresa y deleite. —Enrique, ¿me pides que me vaya a vivir contigo?

Él asintió con un brillo juguetón en sus ojos. "Sí, eso es exactamente lo que estoy preguntando. ¿Qué dices?

Isabella se echó a reír y el sonido resonó en el tranquilo espacio cercano a la Puerta del Conde. "Bueno, señor aventurero, ya es hora de que haga un movimiento tan audaz. Me encantaría vivir contigo".

Enrique no pudo contener su felicidad. "¡Genial! Ahora, solo hay una cosa más que he estado queriendo hacer".

Isabella lo miró con curiosidad. —¿Y qué es eso?

Con un brillo travieso en sus ojos, Enrique se inclinó, capturando los labios de Isabella con los suyos en un dulce y tierno beso. Las risas brotaron entre ellos, el momento lleno de una ligereza que solo el amor verdadero podía brindar.

Cuando rompieron el beso, Enrique sonrió. "Llevo mucho tiempo queriendo hacer eso".

Isabella le dio un codazo juguetón. —Bueno, ya era hora, señor aventurero. Vamos a ver a dónde nos lleva esta nueva aventura".

Y así, cerca de La Puerta del Conde, Enrique e Isabella se embarcaron en un nuevo CAPÍTULO, continuando su historia de amor con la promesa de momentos compartidos y aventuras por venir.

CAPÍTULO 21

Enrique e Isabella llevaban un año viviendo juntos en un edificio de apartamentos de dos pisos, muy pequeño y modesto. El pequeño apartamento estaba ubicado en el corazón de Santo Domingo, muy cerca del famoso Malecón. A pesar de su modesto tamaño, el apartamento era acogedor, con una distribución que aprovechaba al máximo su espacio limitado.

Tan pronto como entrabas por la puerta, eras recibido por el cálido resplandor de la luz del sol que entraba por las ventanas del suelo al techo que enmarcaban la impresionante vista del mar. La sala de era pequeña pero cómoda, con un sofá de felpa y un par de sillones dispuestos alrededor de una elegante mesa de café de vidrio.

Las paredes se pintaron de un suave color crema, acentuado por vibrantes toques de color en forma de algunas obras de arte cuidadosamente elegidas. Una estantería en una pared contenía una colección de libros y piedras, y un pequeño escritorio en la esquina proporcionaba un espacio tranquilo para trabajar o escribir.

Pero la verdadera estrella del apartamento era el balcón, que se extendía a lo largo de la sala y ofrecía impresionantes vistas al mar. Era el lugar perfecto para tomar un café por la mañana o disfrutar de una copa de vino por la noche, con el sonido de las olas proporcionando una banda sonora relajante.

A pesar de su pequeño tamaño, el apartamento tenía todo lo necesario para una estancia cómoda y agradable en Santo Domingo. Y con su ubicación privilegiada a pocos pasos de El Malecón, era el lugar perfecto para empaparse de todo lo que esta vibrante ciudad tenía para ofrecer.

Una mañana soleada, mientras Enrique tomaba un sorbo de café y leía el periódico de la mañana, sus ojos se posaron en las páginas de una tira cómica de Batman. La imagen del cruzado enmascarado, con su elegante traje y su icónico cinturón multiusos, despertó una idea en la mente aventurera de Enrique.

Mientras estudiaba el atuendo de dibujos animados, un pensamiento poco convencional cruzó su mente: un cinturón, no para dispositivos de lucha contra el crimen, sino para contrabandear oro. El concepto de una correa discreta y especialmente diseñada para transportar cargas preciosas le intrigaba. Imaginó una forma de transportar oro en polvo de forma encubierta a través de la seguridad del aeropuerto, inspirado en el secreto del cinturón de herramientas del Caballero Oscuro.

Incapaz de contener su emoción, Enrique corrió a buscar a Isabella, que estaba ocupada con su trabajo de costura. Irrumpió en el dormitorio con el periódico en la mano, exclamó: "¡Isabella, no vas a creer lo que encontré!"

Isabella levantó la vista de su máquina de coser, con una expresión curiosa en su rostro. —¿Qué pasa, Enrique? Pareces inusualmente emocionado.

Enrique extendió el periódico, señalando la tira cómica de Batman. "¡Mira esto! El cinturón de Batman. Tengo una idea: un cinturón para contrabandear oro. ¡Una forma discreta de llevarlo a Italia!"

Los ojos de Isabella se abrieron de par en par con sorpresa y diversión. "Enrique, eres como un superhéroe de la vida real con tus esquemas creativos. Cuéntame más sobre esta idea del cinturón".

Enrique explicó con entusiasmo su plan, detallando cómo el cinturón podría estar diseñado para ocultar oro en polvo y pasar por la seguridad del aeropuerto sin ser detectado. Isabella, que siempre apoyó los esfuerzos aventureros de Enrique, no pudo evitar sentirse intrigada por el audaz concepto.

Isabella dudó al principio. —No lo sé, Enrique. Eso suena arriesgado".

"Lo sé, pero es la única forma en que podemos llevar el oro a Italia", dijo. "Y con sus habilidades, sé que podemos hacerlo".

Después de un momento de contemplación, Isabella sonrió. "Bueno, sin duda es una idea única. Pongámonos manos a la obra en este cinturón tan especial para ti. Pero prométeme, sin capas, ¡no vamos a optar por el aspecto completo de superhéroe!"

Enrique se echó a reír, apreciando el buen humor de Isabella. "Nada de capas, lo prometo. Solo un cinturón que hará que nuestra operación de contrabando de oro sea un poco más... con estilo".

Y así, armados con la inspiración de una tira cómica y alimentados por su creatividad compartida, Enrique e Isabella se pusieron a trabajar en la creación de un cinturón que jugaría un papel crucial en su búsqueda poco convencional de prosperidad y aventura. Poco sabían que su ingeniosa creación se convertiría en una parte esencial de sus audaces hazañas.

Finalmente, tenían un prototipo funcional.

"Creo que va a funcionar", dijo Enrique, admirando el cinturón.

"Gracias, Bella. No podría haber hecho esto sin ti".

Isabella sonrió, sintiendo una sensación de satisfacción por su trabajo. —Prométeme que tendrás cuidado —dijo ella—.

—Lo haré —respondió él, besándola en la frente—. —Lo prometo.

Se abrazaron fuertemente, sabiendo los riesgos que corrían. Pero para ellos, valió la pena tener la oportunidad de una vida mejor.

Usando sus habilidades, Isabella diseñó un cinturón que tenía múltiples compartimentos ocultos donde se podía almacenar el oro en polvo.

Enrique quedó asombrado con su trabajo y probó el cinturón él mismo, sintiendo el peso del oro que contenía.

CAPÍTULO 22

Había llegado el día de que Enrique pusiera en marcha su ingenioso plan. Nervioso, se ató el cinturón especialmente diseñado que sostenía un discreto compartimento para el oro en polvo. El aeropuerto se asomaba por delante, un bullicioso centro de actividad.

El corazón de Enrique se aceleró mientras se acercaba al control de seguridad. Isabella había hecho un excelente trabajo en el diseño del cinturón: se veía ordinario, discreto, como cualquier otro cinturón que podría usar un viajero. Sin embargo, el peso de la preciosa carga que ocultaba hacía que Enrique se diera cuenta de cada momento que pasaba.

Mientras estaba en la fila, no podía quitarse de encima la sensación de ser observado. Cada paso que daba más cerca del guardia de seguridad intensificaba su ansiedad. Pensamientos de posibles complicaciones llenaron su mente, pero los hizo a un lado, recordándose a sí mismo que esta era la única manera de asegurar su nueva riqueza.

Cuando Enrique se acercó a mostrar su pasaporte, respiró hondo y dio un paso adelante. El cinturón, oculto bajo su camisa, pasó sin levantar sospechas. El alivio se apoderó de él, pero la terrible experiencia no había terminado.

Justo cuando pensaba que había pasado desapercibido, un oficial de seguridad del aeropuerto se acercó a él. "Señor, me acompaña por favor". Quería seguirlo para realizar una inspección secundaria.

El corazón de Enrique se hundió. A pesar de sus intentos por mantener la calma, una gota de sudor se formó en su frente. Siguió al oficial a un área separada, donde fue sometido a una inspección exhaustiva.

El oficial de seguridad escudriñó cada centímetro de las pertenencias de Enrique, sus manos flotando sobre el cinturón. La mente de Enrique se aceleró, contemplando las consecuencias de ser atrapado. Pero el oficial, aparentemente satisfecho, le permitió continuar.

Mientras Enrique caminaba hacia la puerta de salida, no podía creer su suerte. El incidente lo había sacudido, pero había sorteado con éxito los obstáculos de la seguridad del aeropuerto. Su plan, por atrevido que fuera, había funcionado.

Una vez en el avión, sintió una mezcla de alivio y euforia. El oro en polvo estaba guardado a buen recaudo, y se dirigía a Italia. Enrique no pudo evitar maravillarse ante la audacia de su operación. El cinturón, símbolo de su viaje poco convencional, había demostrado ser un elemento crucial para transportar su riqueza de manera discreta.

Enrique repetiría este angustioso proceso en vuelos posteriores, confiando cada vez en el cinturón ingeniosamente diseñado y en el meticuloso trabajo de Isabella. Al aterrizar en Italia, supo que su operación secreta continuaba desarrollándose, oculta bajo la superficie de los viajes ordinarios.

Su plan tuvo éxito y pudieron obtener una ganancia considerable de su operación de contrabando. Enrique e Isabella estaban encantados con su éxito y continuaron contrabandeando oro a Italia, manteniéndolo en secreto para todos.

Mientras estaban sentados en su pequeña casa, contando sus ganancias, Enrique miró a Isabella con admiración. "Bella, eres increíble", dijo. "No podría haber hecho esto sin ti".

Isabella le devolvió la sonrisa, sintiendo orgullo por su trabajo. "Hacemos un gran equipo", dijo.

Enrique la rodeó con sus brazos, abrazándola. "Te amo", dijo.

Isabella se apoyó en su abrazo, sintiéndose agradecida por la vida que habían construido juntos. "Yo también te amo, estoy embarazada", dijo.

Los ojos de Enrique se abrieron de par en par con sorpresa. —¿Embarazada? —repitió. —¿Estás segura?

Isabella asintió. "Me acabo de enterar ayer", dijo, con lágrimas en los ojos.

Enrique tomó su mano entre las suyas. —Bella, esta es una noticia maravillosa —dijo él, sonriéndole—. "Vamos a tener un bebé".

Isabella lo miró, su corazón se llenó de amor y esperanza. —Lo sé —dijo ella, con una pequeña sonrisa en su rostro—.

Enrique la abrazó fuertemente, sintiendo una oleada de alegría y emoción. "Bella, estoy tan feliz", dijo. "Haremos que funcione".

Enrique se sentó en el sofá de su pequeña sala, con la mente llena de pensamientos sobre su futuro. Isabella permanecía nerviosa junto a la ventana; Sus manos se juntaron frente a ella.

"No puedo creer que vayamos a ser padres", dijo Enrique, rompiendo el silencio entre ellos.

Isabella se volvió hacia él, con una pequeña sonrisa en su rostro. —Lo sé —dijo ella en voz baja—. "Es mucho para asimilar".

Enrique se puso de pie y se acercó a ella, rodeándole la cintura con los brazos. "Pero lo resolveremos", dijo. "Siempre lo hacemos".

Isabella apoyó la cabeza en su pecho, sintiendo el calor de su abrazo. "Simplemente no quiero ser una carga", dijo, su voz apenas por encima de un susurro.

Enrique retrocedió un poco, mirándola a los ojos. —No eres una carga, Bella —dijo él con firmeza—

. "Tú y nuestro bebé son las cosas más importantes del mundo para mí".

Los ojos de Isabella se llenaron de lágrimas y enterró su rostro en su pecho una vez más. "Tengo miedo", admitió.

Enrique la abrazó con fuerza, con el corazón roto al oír el miedo de ella. —Lo sé —dijo en voz baja— . "Pero lo enfrentaremos juntos. Y estaremos bien".

Se quedaron allí por unos momentos, abrazándose y disfrutando de la calidez de su amor. Finalmente, Isabella se echó hacia atrás y lo miró, con una pizca de determinación en sus ojos.

"¿Sabes qué?", dijo ella. "Tengo una idea. Vamos a ponerle a nuestro bebé el nombre de tu hermano. Esa es la razón por la que estás aquí y por la que nos conocimos en un barco".

Enrique le sonrió, sintiendo un sentimiento de orgullo y asombro. "Creo que es una idea hermosa", dijo.

—Mario —dijo Isabella con la voz llena de convicción—. – Mario Costa.

Enrique asintió, sintiendo una sensación de reverencia por el nombre. —Mario Costa —repitió—. "Me gusta".

Isabella sonrió, sintiendo una sensación de esperanza para su futuro. Independientemente de los desafíos que se presentaran, sabía que con Enrique a su lado, podrían enfrentarlos juntos.

Isabella asintió, sintiéndose agradecida de tenerlo a su lado. Sabía que el camino por delante sería difícil, pero con Enrique y su bebé, sentía que podía superar cualquier obstáculo.

CAPÍTULO 23

Enrique siempre había querido hacer algo especial para Isabella. Con la emoción del bebé en camino y el estrés del próximo trabajo de contrabando a Italia, decidió que era el momento perfecto para darle una sorpresa.

Isabella no podía creer lo que veían sus ojos cuando Enrique se detuvo frente a su pequeña casa con un nuevo Chevrolet Bel Air de 1960. El coche era una belleza, con su elegante carrocería plateada y sus relucientes detalles cromados que brillaban a la luz del sol. Mientras caminaba alrededor del auto, pasó su mano por el acabado liso, admirando la atención al detalle que se puso en su diseño.

El interior del coche era igual de impresionante, con asientos de felpa cubiertos de suave cuero blanco que la hacían sentir como si estuviera sentada en una nube. Isabella no pudo evitar sonreír mientras miraba el tablero, con sus perillas brillantes y diales que brillaban como joyas en la oscuridad.

Pero lo que hizo que el coche se destacara para Isabella fue su potente motor. A medida que Enrique aceleraba, podía sentir la energía y la emoción palpitando en sus venas. Era como si el coche tuviera vida propia, y no podía esperar a salir a la carretera con él.

"Kike, esto es increíble", dijo, con lágrimas de alegría en los ojos. "No lo puedo creer".

Enrique sonrió ante su reacción. "Quería darte algo especial", dijo. "Algo para recordar mientras estoy fuera".

Isabella lo abrazó fuertemente, sintiéndose agradecida por su generosidad. Pasaron el resto del día conduciendo el nuevo coche, explorando la ciudad y disfrutando de su tiempo juntos.

Sin embargo, solo dos semanas después de que Enrique se fuera a Italia, la frustración de Isabella alcanzó un punto de ebullición mientras miraba el auto detenido al costado de la carretera. Había intentado todos los trucos posibles para revivir la obstinado motor, pero éste permanecía resueltamente en silencio. Exasperada, cerró la puerta del coche y decidió abandonarlo, eligiendo caminar de vuelta a casa.

Con determinación en su paso, Isabella comenzó el viaje a pie. El sol caía sobre ella mientras avanzaba por su ruta familiar, con la decepción del coche detenido persistiendo en sus pensamientos. Mientras caminaba, un vecino que pasaba por allí redujo la velocidad y bajó la ventanilla.

"Isabella, ¿todo bien?", preguntó la señora Rodríguez, con la preocupación grabada en su rostro.

Isabella asintió, forzando una sonrisa. "Problemas con el coche. Lo he dejado ahí por ahora. A lo mejor me remolcan más tarde.

La Sra. Rodríguez le ofreció llevarla, pero Isabella declinó cortésmente, eligiendo abrazar la caminata como una oportunidad para despejar su mente. El golpeteo rítmico de sus tacones en el pavimento se convirtió en una banda sonora contemplativa, y con cada paso, sintió que un poco de la frustración se disipaba.

Al llegar a casa, la mente de Isabella ya estaba cambiando de marcha. En lugar de obsesionarse con el contratiempo mecánico, vio la oportunidad de abrazar el simple acto de caminar, una oportunidad para reducir la velocidad y apreciar el entorno. El incidente se convirtió en un recordatorio de que, a veces, los desvíos inesperados pueden conducir a descubrimientos inesperados.

Isabella optó por vender el coche, colocando un cartel de "Se vende" en el parabrisas con la esperanza de sacar lo mejor de la situación. Para su sorpresa, recibió una llamada esa misma tarde. El atractivo precio de un coche casi nuevo había llamado la atención de alguien y, muy pronto, vendió con éxito el vehículo.

Unos días después, recibió una llamada del nuevo propietario del coche. "Sra. Isabella, lamento molestarla, pero creo que debe saber que su auto está perfectamente bien", dijo el hombre.

—¿A qué te refieres? —preguntó Isabella, confundida.

"Bueno, parece que se quedó sin gasolina", explicó el hombre. "Lo llené y arrancó sin ningún problema".

Isabella no podía creer lo que estaba escuchando. Durante todo este tiempo, había estado preocupada y estresada por un simple error. Se rió de sí misma y se sintió un poco tonta, pero se sintió aliviada al saber que el auto estaba bien.

Decidió usar el dinero de la venta para comprar algo práctico para el bebé, pero aún pensaba con cariño en el Chevrolet y en los recuerdos especiales que les había dado a ella y a Enrique.

CAPÍTULO 24

Isabella estaba sentada frente a su máquina de coser, y el suave zumbido del motor llenaba el pequeño apartamento. Pasó las manos por la tela, sintiendo la suave textura de la seda. Siempre le había gustado coser, desde que era una niña en la tienda de ropa de su madre. Y ahora, con su propio negocio, estaba viviendo su sueño.

Enrique entró en la habitación con una sonrisa en su rostro. —¿Cómo va el negocio?

—Genial —respondió Isabella, radiante—. "Acabo de recibir un pedido de Café Santo Domingo. Quieren uniformes personalizados para todos sus empleados".

Enrique soltó una risita. "Parece que te estás convirtiendo en toda una mujer de negocios".

Isabella sonrió. "Recién estoy comenzando".

Mientras miraban por la ventana, podían ver el mar brillando a lo lejos. El apartamento era pequeño y modesto, pero tenía una gran vista al mar, a solo unos metros de El Malecón.

De repente, Enrique susurró al oído de Isabella: "Tengo una sorpresa, vamos".

Enrique llevó a Isabella y Mario a su nuevo hogar, una encantadora morada enclavada en la Avenida Villaespesa. La casa, con su vibrante fachada adornada con buganvillas en flor, se erigió como un testimonio de la materialización de sus sueños. A medida que se acercaban, el aroma del café recién hecho de Café Santo Domingo, el famoso tostador de café cercano, flotaba en el aire, creando una atmósfera de bulliciosa vida urbana.

Al entrar, la casa reveló un interior acogedor, lleno de tonos cálidos y muebles de buen gusto. Los ojos de Isabella se iluminaron mientras contemplaba el acogedor espacio habitable, y no pudo evitar admirar los detalles que Enrique había puesto para convertirlo en un hogar cómodo para su familia.

En la cocina, el aroma de los platos dominicanos favoritos de Isabella llenaba el aire, un delicioso recordatorio de la calidez y el amor que ahora los rodeaba. La casa parecía resonar con las risas de Mario, añadiendo una alegre banda sonora a su nueva vida.

A medida que exploraban cada habitación, Isabella descubrió que Enrique había montado cuidadosamente un pequeño estudio de costura para ella, anticipándose a su espíritu emprendedor. Las paredes adornadas con telas vibrantes y el zumbido de las máquinas de coser reflejaban la creatividad y la determinación que alimentaban las aspiraciones de Isabella.

Sentado en la sala, Enrique le sonrió a Isabella. "Quería que nuestro hogar fuera un lugar donde pudiéramos construir nuestros sueños juntos", dijo, sus ojos reflejaban orgullo y amor.

Isabella, aún asimilando la realidad de sus logros, respondió con gratitud: "Enrique, es más de lo que podría haber imaginado. No puedo esperar a ver lo que nos depara el futuro".

Su viaje no había hecho más que empezar, y con La Fantasia, la boutique que Isabella había abierto al lado, estaba lista para dejar su huella en las florecientes industrias de la ciudad. El aire zumbaba con la promesa de éxito y el dulce aroma del café, encapsulando la esencia de sus sueños y logros compartidos.

Una noche, Enrique se sentó a su lado y le tomó la mano. "Estoy orgulloso de ti, ¿lo sabes?"

Isabella se inclinó hacia él y lo besó. "Y yo también estoy orgulloso de ti. Hemos estado trabajando muy duro para apoyarnos".

Enrique sonrió. "Vale la pena verte feliz".

Al sentarse juntos, supieron que su nueva vida apenas comenzaba. Y con el despegue del negocio de Isabella, estaban emocionados de ver a dónde los llevaría.

CAPÍTULO 25

Después de tres largos años de explorar las profundidades de la mina de oro, el equipo se topó con un descubrimiento raro e inesperado: Uranio. Pablo, Enrique y Mario quedaron impactados por los hallazgos, y su emoción se convirtió rápidamente en preocupación. Sabían que el uranio era un material altamente regulado y peligroso, y que las consecuencias de ser sorprendidos con él podían ser graves.

Pablo habló primero, con la voz llena de preocupación. "Chicos, tenemos un gran problema. Este uranio podría meternos a todos en serios problemas".

Enrique asintió con la cabeza, su mente se aceleró con los riesgos potenciales. "Tenemos que tener cuidado con la forma en que manejamos esto. No podemos dejar que nadie lo sepa".

Mario intervino; Su ceño se frunció pensativo. "Pero, ¿cómo vamos a ocultarlo? El gobierno se va a enterar eventualmente".

Pablo se frotó la barbilla, pensativo. "Tenemos que elaborar un plan. Tal vez podamos vendérselo a alguien en secreto o esconderlo en algún lugar donde nadie lo encuentre.

Enrique negó con la cabeza. "No podemos venderlo. Eso es aún más arriesgado. Y ocultarlo es demasiado peligroso. ¿Y si alguien se topa accidentalmente con él?

Mario suspiró profundamente. "No sé qué vamos a hacer. Esto es una pesadilla".

Los tres hombres permanecieron sentados en silencio durante unos momentos, contemplando su próximo movimiento. Sabían que se habían topado con algo grande, pero los riesgos eran demasiado altos para manejarlos por su cuenta. Necesitaban actuar rápido y elaborar un plan antes de que su descubrimiento fuera descubierto por las personas equivocadas.

La noticia de su descubrimiento se extendió rápidamente por la ciudad, y no pasó mucho tiempo antes de que la noticia llegara a oídos del propio Jefe. El equipo sabía que estaba en problemas. El Jefe no era conocido por su indulgencia con quienes se le cruzaban o amenazaban su poder.

El equipo fue convocado a una reunión con El Jefe en "El Palacio Nacional", y sabían que era una cuestión de vida o muerte. Estaban dispuestos a hacer lo que fuera necesario para protegerse a sí mismos y a sus familias.

Al entrar en la sala de reuniones, vieron a El Jefe sentado a la cabecera de la mesa, con una expresión severa en su rostro. Los saludó con un gesto de asentimiento, pero no perdió el tiempo para ir al grano.

—He oído que has encontrado algo muy interesante en la mina —dijo, con voz fría y calculadora—.

El equipo intercambió miradas inquietas, sin saber cómo proceder.

—Sí, hemos encontrado algo de uranio —dijo finalmente Mario, con la voz ligeramente temblorosa—.

La expresión de El Jefe permaneció sin cambios, pero sus ojos se volvieron más fríos. "¿Y qué piensas hacer con esta información?", preguntó.

El equipo sabía que tenía que andar con cuidado. No podían arriesgarse a enfurecer a El Jefe, pero tampoco podían quedarse callados y dejar que explotara el uranio para su propio beneficio.

"Estábamos planeando reportar los hallazgos a las autoridades apropiadas", dijo uno de los miembros del equipo, tratando de sonar confiado.

El Jefe se reclinó en su silla; Sus ojos seguían fijos en el equipo. —Ya veo —dijo, con la voz empapada de escepticismo—. —¿Y qué te hace pensar que te permitiré hacer eso?

El equipo sintió que se les hundía el corazón. Sabían que estaban en una situación difícil. Pero también sabían que ya no podían dar marcha atrás.

"Tenemos que informar de esto", dijo otro miembro del equipo, con la voz más firme que antes. "Es una cuestión de seguridad pública".

El Jefe entrecerró los ojos, pero el equipo se mantuvo firme. Sabían que estaban asumiendo un gran riesgo, pero también sabían que no podían quedarse callados.

Finalmente, después de lo que parecieron horas de tenso silencio, El Jefe habló. —Muy bien —dijo con voz baja y amenazadora—. "Asegúrate de que este hallazgo tuyo no dañe mi gobierno. Solo veo Nickle en lo que me has mostrado. Recuerde esto: si algo me sucede a mí o a mi operación, usted será el primero en pagar el precio".

El equipo sabía que les esperaba un viaje peligroso, pero también sabían que habían tomado la decisión correcta. Salieron de la reunión con una sensación de alivio y aprensión, inseguros de lo que les deparaba el futuro. Pero una cosa era segura: habían encontrado algo que podría cambiar el curso de sus vidas para siempre.

Después de que el impacto inicial desapareció, el equipo supo que tenía que andar con cuidado. Eran conscientes de los peligros asociados con la minería de uranio, y lo último que querían era atraer la atención no deseada del gobierno u otros grupos.

"No podemos dejar el uranio ahí", dijo Pablo, con la voz llena de preocupación. "Tenemos que denunciarlo".

"No podemos hacer eso", respondió Enrique, negando con la cabeza. "Todos sabemos lo que pasará si lo hacemos. Seremos cerrados, o peor aún, atacados por las personas equivocadas".

Mario habló: "Tenemos que encontrar una manera de mantener esto en secreto. El acuerdo con El Jefe fue decirle a todo el mundo que en su lugar encontramos Nickel".

—¿Pero qué pasa con los riesgos asociados con el uranio? —preguntó Pablo.

—Tomaremos precauciones adicionales —dijo Enrique con firmeza—. "Nos aseguraremos de que todos usen equipo de protección y limitaremos nuestra exposición al mineral. Tendremos cuidado".

El equipo estuvo de acuerdo, y pasaron los siguientes días ideando un plan para extraer el uranio de forma segura y mantenerlo en secreto. Sabían que había mucho en juego y no podían permitirse cometer ningún error. Era un movimiento arriesgado, pero estaban decididos a hacer que funcionara.

CAPÍTULO 26

Los ojos de Tony se abrieron de par en par mientras seguía leyendo el diario de su abuelo.

Tony había estado hojeando los diarios de su abuelo durante horas, incapaz de separarse de las páginas. Su abuelo había sido un hombre de muchos talentos, y la historia de su vida era nada menos que fascinante. Tony estaba asombrado de lo mucho que había aprendido sobre la historia de su familia y sus raíces.

Mientras leía, no pudo evitar preguntarse si había alguna pista en los diarios que pudiera ayudarlo a descubrir la verdad sobre la muerte de su padre. Siempre había sospechado que había más en la historia de lo que su madre le había contado, y los diarios parecían el lugar perfecto para comenzar.

Tony siguió leyendo, página tras página, perdido en sus pensamientos.

Mientras continuaba leyendo, Tony sintió una repentina punzada de arrepentimiento por no haber tenido la oportunidad de conocer mejor a su abuelo. Había fallecido antes de que Tony naciera, y ahora se daba cuenta de lo mucho que se había perdido.

Pero a medida que pasaba las páginas, el enfoque de Tony volvió a su misión. Estaba decidido a descubrir la verdad sobre la muerte de su padre, y estaba convencido de que las respuestas estaban escondidas en algún lugar de estas páginas.

—¿Podría ser que la muerte de mi padre estuviera relacionada de alguna manera con los hallazgos de uranio? Tony murmuró para sí mismo mientras leía.

Examinó atentamente las páginas, en busca de cualquier pista que pudiera acercarlo a la verdad. Cuanto más leía, más se daba cuenta de lo compleja que era la historia de su familia.

A medida que pasaban las horas, Tony continuaba leyendo, completamente absorto en la historia de la vida de su abuelo. Sabía que aún le quedaba un largo camino por recorrer antes de encontrar las respuestas que buscaba, pero por primera vez en mucho tiempo, sintió una sensación de esperanza de que, después de todo, podría ser capaz de descubrir la verdad.

CAPÍTULO 27

Una tarde, mientras Pablo tomaba un descanso para fumar frente a la entrada de la mina, notó que un hombre que no reconoció se acercaba a él. El hombre se presentó como José Rodríguez, reportero del Listín Diario, y le preguntó si podía hacerle algunas preguntas sobre la mina y el trabajo que se realiza allí.

"Solo unas preguntas por favor", dijo el reportero con una sonrisa en su rostro.

Pablo dudó al principio, pero finalmente accedió a responder a sus preguntas. José preguntó sobre los tipos de minerales que estaban extrayendo, cuánto estaban produciendo y quién estaba a cargo de supervisar la operación. Pablo trató de mantener sus respuestas vagas y evasivas, pero podía sentir que José estaba buscando más información.

Después de unos minutos más de interrogatorio, José de repente sacó a relucir el tema del uranio. Pablo se sorprendió y trató de quitárselo de encima, diciendo que solo habían encontrado pequeños rastros en la mina. Pero José insistió, preguntando si había alguna posibilidad de que hubieran encontrado suficiente uranio para ser valioso.

El corazón de Pablo se aceleró cuando se dio cuenta de que el reportero estaba al tanto de su secreto. Sabía que tenía que tener cuidado con sus palabras, pero no podía mentirle. Finalmente, admitió que habían encontrado una cantidad significativa de uranio en la mina.

Los ojos de José se abrieron de emoción y comenzó a garabatear notas furiosamente en su bloc de notas. "Esta es una gran noticia", dijo. "El pueblo tiene derecho a conocer este descubrimiento".

A Pablo se le revolvió el estómago al darse cuenta de las consecuencias de esta revelación. Si el gobierno se entera de su descubrimiento, podrían estar en grave peligro. Sabía que tenía que advertir al resto del equipo y encontrar una manera de proteger su hallazgo.

La paranoia del equipo creció a medida que sentían que estaban siendo observados constantemente. No tenían forma de saber si alguien había descubierto su descubrimiento secreto de uranio. Trataron de mantener un perfil bajo y mantuvieron su trabajo lo más discreto posible.

El equipo trató de evadir cualquier interrogatorio sobre la mina y cualquier hallazgo. La situación se volvió más preocupante cuando el reportero publicó sus hallazgos en el periódico, destacando el aparente encubrimiento de los materiales peligrosos de la mina por parte del gobierno.

Muy pronto, la ciudad comenzó a sentir los efectos del descubrimiento de uranio. El agua del río cerca de la mina estaba contaminada con uranio y estaba causando que la gente se enfermara. La situación se agravó rápidamente y el equipo se dio cuenta de que tenía que actuar con rapidez para proteger su descubrimiento y sus vidas.

Pero los riesgos eran altos, y se enfrentaban a un dictador peligroso que no se detendría ante nada para mantener su poder. El equipo tuvo que navegar por el traicionero panorama político para mantener oculto su descubrimiento y protegerse de la ira del gobierno.

Sabían que tenían que idear un plan para proteger su descubrimiento y a la gente de la ciudad. Mario contactó a un amigo en Estados Unidos que se especializaba en derecho ambiental y comenzó a trabajar con él para desarrollar una estrategia que protegiera sus intereses.

El equipo estaba en alerta máxima y siempre mirando por encima del hombro, sabiendo que su secreto corría el riesgo de ser expuesto en cualquier momento. La tensión era palpable, y había mucho en juego mientras trabajaban para proteger su descubrimiento y sus vidas.

CAPÍTULO 28

Enrique sabía que el descubrimiento del uranio causaría problemas, pero nunca imaginó la magnitud del mismo. Cuando recibió la llamada de Pablo sobre la investigación del reportero y la enfermedad de la gente del pueblo, supo que su secreto había salido a la luz.

Enrique alertó inmediatamente a Isabella y le indicó que fuera con su hijo Mario a Roma con su hermana. Sabía que ya no era seguro para ellos quedarse en la isla. Tenían que salir, y tenían que hacerlo rápido.

"Isabella, escúchame con atención", dijo por teléfono. "Necesito que hagas las maletas y te vayas con Mario a Roma. Te veré allí tan pronto como pueda".

"Enrique, ¿qué está pasando?" —preguntó Isabella, con la voz llena de miedo.

—Vienen por nosotros —dijo Enrique, con voz temblorosa—. "Tienes que irte del país antes de que vengan a por ti y por Mario".

Isabella no lo dudó. Sabía que tenía que hacer lo que decía Enrique. Hizo las maletas y se fue con la hermana de Mario y Enrique ese mismo día.

Sin embargo, El Jefe se enteró de la participación de los estadounidenses. El dictador estaba furioso y amenazó con encarcelar al equipo por espionaje.

Enrique sabía que estaban en serios problemas. No podía arriesgarse a que Isabella y Mario fueran atrapados, así que envió a Isabella y a su hijo Mario a Roma. Pero tuvo que quedarse atrás y enfrentar las consecuencias de sus acciones.

En medio de la noche, la policía secreta se presentó en la casa de Enrique. El corazón de Enrique se aceleró al ver cómo la policía secreta se acercaba a él.

Sabía que estaba en problemas, pero no tenía idea de cuántos problemas estaba.

—Enrique Costa —dijo uno de los oficiales, con voz fría y severa—. "Venga con nosotros, estás arrestado" y lo llevó a la Cárcel La Victoria. La Cárcel Victoria fue la infame cárcel creada por El Jefe donde se recluía a los presos políticos y, en varias ocasiones, fue utilizada como centro de castigo, al que eran llevados los presos políticos de cárceles de otras regiones del país. Esta cárcel era un centro disciplinario.

Fue interrogado durante horas sobre su descubrimiento y se negó a revelar nada. Sabía que sus vidas estaban en juego y no podía arriesgar la seguridad de su familia.

Enrique fue llevado a una habitación con poca luz donde fue interrogado por dos hombres de aspecto severo. Uno de ellos se presentó como el coronel Díaz, jefe de la Policía Secreta dominicana.

—Señor Costa, tenemos razones para creer que usted está involucrado en actividades de espionaje —comenzó el coronel Díaz, con voz firme e inquebrantable—.

Enrique alzó una ceja sorprendido. "¿Espionaje? No entiendo, coronel. Solo soy un geólogo".

El otro hombre, que había permanecido en silencio hasta ahora, se inclinó hacia adelante y habló en un tono amenazante. —No te hagas el loco con nosotros, Costa. Sabemos que usted ha estado trabajando con los estadounidenses. Y queremos saberlo todo".

Enrique sacudió la cabeza con incredulidad. "No sé de qué estás hablando. No tengo ninguna conexión con ninguna agencia de inteligencia".

El coronel Díaz golpeó la mesa con la mano. —¡Deja de mentirnos, Costa! Sabemos que usted ha estado contrabandeando uranio fuera del país. Y creemos que usted es el que trabaja con los estadounidenses para socavar nuestro gobierno".

Enrique sintió que una ola de pánico lo invadía. Había oído rumores de que el gobierno tomaba medidas enérgicas contra cualquiera sospechoso de colaborar con potencias extranjeras. Sabía que si lo etiquetaban como un espía, enfrentaría graves consecuencias.

—Le juro, coronel, que no soy un espía. Solo soy un geólogo tratando de ganarme la vida", suplicó Enrique.

Los dos hombres intercambiaron una mirada antes de que el coronel Díaz volviera a hablar. "Estaremos vigilándolo de cerca, señor Costa. Y si encontramos alguna evidencia de su participación en el espionaje, será tratado en consecuencia".

Enrique sintió que un alivio lo invadía mientras lo escoltaban fuera de la habitación. Sabía que tenía que tener cuidado a partir de ahora, ya que ahora estaba bajo estrecha vigilancia por parte del gobierno.

Los días se convirtieron en semanas, y Enrique seguía cautivo. No tenía ni idea de lo que les estaba pasando a Isabella y a Mario, y temía lo peor. Trató de mantenerse fuerte, pero los constantes interrogatorios y el encierro le estaban pasando factura.

Mientras tanto, Isabella y Mario estaban a salvo en su casa siendo vigilados por "calieses" que eran espías del régimen de Trujillo en el barrio. A pesar de estar a salvo, Isabella no pudo evitar preocuparse por Enrique. Sabía que estaba en peligro y rezó para que saliera con vida.

CAPÍTULO 29

El tiempo que Enrique estuvo en la cárcel de La Victoria había sido una experiencia desafiante y difícil. Los días se extendían sin fin, marcados por las duras condiciones, la violencia y la incertidumbre. Sin embargo, en medio de la oscuridad de la prisión, había escuchado historias que arrojaban luz sobre los horrores a los que se enfrentaban otros. Entre los cuentos que circulaban por las celdas de la prisión, una historia en particular había dejado una huella indeleble en su memoria.

La historia comienza con un grupo de extranjeros griegos que habían sido atraídos a la República Dominicana con la promesa de trabajos y una vida mejor. Estos hombres habían llegado al país con esperanza en sus corazones, ansiosos por mantener a sus familias en casa.

Con el paso de las semanas, su optimismo inicial había dado paso a la desesperación. Se les había prometido empleo, pero rápidamente fueron obligados a desempeñar un papel inesperado y brutal: miembros de la legión extranjera de Trujillo. En lugar de encontrar trabajo y estabilidad, se vieron obligados a servir como soldados, luchando por un régimen que no entendían ni apoyaban.

Cuando se negaron a cumplir sus órdenes, las consecuencias fueron graves. Los extranjeros habían sido sometidos a una crueldad inimaginable. Fueron despojados de sus ropas y arrojados a celdas comunes y solitarias dentro de los implacables muros de la cárcel de La Victoria, ubicada en las afueras de Ciudad Trujillo.

Dentro de esas celdas frías y oscuras, los griegos habían soportado un sufrimiento indescriptible. Les daban escasas raciones de basura y los dejaban a su suerte en las condiciones miserables. Los guardias de la prisión no mostraron piedad y golpearon rutinariamente a los hombres hasta dejarlos inconscientes con palos y látigos de alambre.

Una de las formas más atroces de tortura consistía en escaldar a los griegos con agua hirviendo, dejándolos con quemaduras dolorosas y desfigurantes. El propósito era claro: quebrar sus espíritus, forzar su obediencia y convertirlos en instrumentos del régimen.

Si bien el trato mejoró ligeramente para aquellos que aceptaron servir en la legión extranjera de Trujillo, los griegos se habían mantenido firmes en sus principios. Durante dos largos meses, habían resistido las presiones para alistarse, permaneciendo firmes en su negativa a participar en el régimen violento y opresivo.

Solo cuando la embajada griega en Washington intervino y negoció en su nombre, su calvario llegó a su fin. Finalmente se les concedió la libertad a los extranjeros y fueron liberados de las garras de la cárcel de La Victoria.

Enrique, al escuchar este desgarrador relato, sintió una profunda empatía por aquellos que habían soportado un sufrimiento tan inimaginable. Su historia sirvió como un duro recordatorio de los horrores infligidos por el régimen opresivo, y alimentó su determinación de garantizar la seguridad y el bienestar de su propia familia.

Mientras pasaba sus días en la cárcel de La Victoria, Enrique no pudo evitar preguntarse sobre el destino de los extraños griegos. ¿Habían podido regresar a su tierra natal, reunirse con sus familias y encontrar consuelo y justicia por las atrocidades que habían sufrido? Las respuestas eran desconocidas, pero su historia permaneció grabada en su memoria como un testimonio de la resistencia del espíritu humano frente a la adversidad indescriptible.

CAPÍTULO 30

Enrique había pasado seis largos meses en la cárcel de La Victoria, y eso le había pasado factura. Pero finalmente, iba a ser liberado y no podía esperar a reunirse con su familia. Después de seis meses y un día, fue liberado, pero sabía que no podía quedarse más tiempo en el país. Tuvo que marcharse antes de que la policía secreta volviera a perseguirlo.

Al salir por las puertas de la prisión, vio a su hermano Mario esperándole.

"Mario, me alegro de verte", dijo Enrique, abrazando a su hermano menor.

—Tú también, hermano —respondió Mario—. "Pablo nos está esperando con un bote".

Con la ayuda de su primo Pablo, Mario planeó escapar del país en una pequeña embarcación que partía de las costas de Miches. Era una jugada arriesgada, pero no tenían otra opción.

Enrique asintió, agradecido por la ayuda de su hermano. —Vámonos, entonces —dijo, siguiendo a Mario hacia las puertas—.

Al salir del recinto penitenciario, Enrique sintió que lo invadía una sensación de alivio. Finalmente era libre y podía comenzar su vida de nuevo.

—Entonces, ¿cómo conseguiste conseguir el barco? —preguntó Enrique a Mario mientras se dirigían hacia la orilla.

"Tuvimos que pagar un dinero por eso, pero valió la pena", respondió Mario. "Pablo se encargó de todo. Ha estado trabajando duro para asegurarse de que podamos salir de aquí".

Enrique asintió, agradecido también por la ayuda de Pablo. "Te debo la vida", dijo.

Al llegar a la orilla, Enrique vio un pequeño bote esperándolos. Pudo ver a Pablo de pie junto a ella, mirando hacia el horizonte.

—¡Pablo! —exclamó Enrique, agitando los brazos—.

Pablo se dio la vuelta y sonrió al ver a Enrique y Mario. "Primo, lo lograste", dijo, acercándose a ellos.

"Gracias a ti", respondió Enrique, abrazándolo. Pablo negó con la cabeza. "No lo menciones. Somos familia, y la familia se cuida entre sí".

Enrique asintió, sintiéndose agradecido por la ayuda de su primo. —Vámonos, entonces —dijo, subiendo al bote—.

La noche era oscura y la única luz provenía de las estrellas y el resplandor lejano de las luces de la ciudad en la costa. Cuando el pequeño bote se adentró en las oscuras aguas, Enrique no pudo evitar sentir una mezcla de emociones. Estaba dejando atrás todo lo que había conocido, pero también sabía que lo estaba haciendo para proteger a las personas que amaba.

A medida que navegaban a través de la noche, con grandes esperanzas y su destino incierto, el sonido de las olas rompiendo contra el casco del barco proporcionaba un ritmo reconfortante. Navegaron más profundamente en aguas internacionales, dejando atrás a la República Dominicana.

Sin embargo, sus esperanzas de un escape sin problemas pronto se hicieron añicos. Justo cuando empezaban a creer que habían evadido a los perseguidores, un foco agudo atravesó la oscuridad y los cegó. El rugido de un barco que se acercaba llenaba el aire de la noche.

El corazón de Enrique se hundió al darse cuenta de lo que estaba pasando. La guardia costera estadounidense los había avistado en aguas estadounidenses, y ahora los perseguían.

El pánico se apoderó de ellos mientras trataban de averiguar su próximo movimiento. Mario agarró un radio e intentó frenéticamente comunicarse con Pablo, quien estaba al mando.

"¡Pablo, tenemos compañía! ¡La guardia costera nos está persiguiendo!" La voz de Mario temblaba de miedo.

Las manos de Pablo se apretaron en el timón del barco, sus ojos escudriñaron el oscuro horizonte. "¡Agárrense fuerte, todos! ¡Haremos todo lo posible para correr más rápido que ellos!"

El bote avanzó y el motor rugió mientras Pablo navegaba hábilmente por las olas. Pero el buque guardacostas se estaba acercando, con su potente reflector apuntando hacia ellos.

Enrique se aferró al costado del bote, con el corazón latiendo con fuerza. "No podemos ser atrapados ahora", murmuró para sí mismo. "No después de haber llegado tan lejos".

A medida que aumentaba la tensión en el barco, el guardacostas los llamó por un altavoz, ordenándoles que se detuvieran y se prepararan para ser abordados.

Los nudillos de Pablo se pusieron blancos mientras apretaba el volante. "Tenemos que tomar una decisión, y tenemos que tomarla rápido", dijo, con voz firme a pesar de la urgencia de la situación.

La fuga había tomado un giro peligroso, y el resultado estaba lejos de ser seguro. Con la guardia costera acercándose, Enrique, Mario y Pablo tuvieron que confiar en su ingenio y determinación para evadir la captura y llegar a la seguridad de aguas internacionales.

El rugido ensordecedor del motor de la embarcación guardacostas llenó el aire nocturno mientras se acercaba a la pequeña embarcación. Su potente reflector atravesó la oscuridad y arrojó un resplandor espeluznante sobre el agua. El pánico se extendió como un reguero de pólvora entre los que estaban a bordo a medida que se iba asumiendo la realidad de su situación.

El corazón de Enrique latía con fuerza en su pecho mientras se aferraba al costado del bote, con los dedos con los nudillos blancos. Miró a Mario, que intentaba desesperadamente mantener la calma.

Pablo, al mando, sabía que sus posibilidades de escapar eran cada vez más escasas. Navejó el bote con habilidad, pero estaba claro que el barco de la guardia costera se acercaba rápidamente.

A medida que los dos botes se acercaban, el resplandor cegador del reflector se intensificó. Enrique entrecerró los ojos contra la dura luz, su corazón latía más fuerte en sus oídos con cada momento que pasaba. Podía oír el agua golpeando el casco, los gritos lejanos de las gaviotas en lo alto y el urgente parloteo de radio de la guardia costera que se acercaba.

"¡Prepárense para ser abordados!", retumbó una voz por un altavoz desde el barco de la guardia costera. "¡Apaga tu motor y levanta las manos!"

El pánico se apoderó de todos. Enrique sabía que no tenían más remedio que obedecer. Miró a Pablo, con expresión resignada. "Tenemos que hacer lo que dicen", dijo.

Pablo asintió, con la mandíbula apretada por la determinación. Aflojó el acelerador y el motor del barco se silenció. La pequeña embarcación se balanceaba en las oscuras olas, impotente ante la proximidad de los guardacostas.

Oficiales de la guardia costera, armados y vestidos con uniformes oscuros, descendieron a la pequeña embarcación, con sus linternas cortando la noche. Sus rostros eran severos, sus órdenes cortantes e inflexibles.

"¡Todos, manos arriba!", gritó uno de los oficiales mientras avanzaban rápidamente por el bote. Sus linternas barrieron a la familia acurrucada, cegándolos momentáneamente.

Enrique, Mario y Pablo levantaron la mano, con los rostros marcados por una mezcla de miedo y resignación.

Los oficiales no perdieron el tiempo. Rápidamente evaluaron la situación, asegurando a todos a bordo y confiscando cualquier dispositivo de comunicación que encontraran.

El corazón de Enrique se hundió al ver cómo se desvanecían sus posibilidades de escapar.

Con las manos atadas, fueron detenidos por los oficiales de la guardia costera, con su bote ahora atado a la embarcación· más grande. Todos intercambiaron miradas preocupadas, su incertidumbre flotaba pesadamente en el aire.

Mientras se los llevaban, Enrique no pudo evitar preguntarse sobre su destino. ¿Qué les pasaría ahora que estaban bajo custodia? El futuro era incierto y las consecuencias de sus acciones aún no se habían revelado.

CAPÍTULO 31

Enrique había experimentado el temor, la incertidumbre y la soledad durante todo su encierro en la cárcel de La Victoria. Con frecuencia se encontraba pensando en las decisiones que había tomado para mantener a su familia a salvo y repasando los incidentes que lo habían llevado a esta terrible situación.

Su mente estaba turbada por un recuerdo especialmente nítido, el del día en que Trujillo los había visitado en una habitación poco iluminada debajo de la prisión. La presencia del dictador había dejado una larga sombra sobre sus vidas, haciendo que el suceso pareciera extraño. Había sido una reunión clandestina, Enrique, Mario y Pablo habían sido conducidos a una pequeña habitación sin ventanas. El aire estaba cargado de tensión, y los muros parecían cerrarse a su alrededor mientras esperaban la llegada del despiadado dictador.

La presencia de Trujillo fue opresiva tan pronto como entró al espacio. Era un tipo de gran autoridad y poder, y los tres hombres lo miraban fijamente a los ojos helados y analíticos. Había un acuerdo no escrito de que él era responsable de su destino.

El dictador, en voz baja y autoritaria, se dirigió directamente a Mario. "Tu tienes algo que yo quiero."— dijo con aire de autoridad—.

Mario, aunque temeroso, se encontró con la mirada de Trujillo. —¿Qué es lo que quieres, Generalísimo? —preguntó con cautela.

Los labios de Trujillo se curvaron en una sonrisa escalofriante. "El oro", respondió. "Todo. Quiero que se aseguren de que cada onza de ese metal precioso se extraiga de la mina de Pueblo Viejo".

Mario hizo una pausa, sus pensamientos dando vueltas. Comprendió que cumplir con las peticiones de Trujillo implicaría unirse al tirano en la explotación de la mina. Sin embargo, también era consciente de que podría ser su única oportunidad de preservar la seguridad e independencia de su familia.

—¿Qué obtenemos a cambio? —preguntó Mario, con voz temblorosa.

Trujillo se acercó más, sus ojos se clavaron en los de Mario. —Tu vida —susurró—. "Tú, tu hermano y tu primo serán liberados de este miserable lugar. Serás libre de ir a donde quieras".

La habitación pareció cerrarse a su alrededor mientras Mario contemplaba la oferta. Su libertad pendía de un hilo, un premio tentador pero manchado.

Mario miró a Enrique y a Pablo, decidido. Sabía que aceptar el trato tendría un gran costo, pero no podía soportar ver a su familia sufrir más.

—Estamos de acuerdo —dijo finalmente Mario, con voz firme—. "Nos aseguraremos de que el oro se extraiga de la mina".

La sonrisa de Trujillo se ensanchó, revelando la profundidad de su satisfacción. El oscuro acuerdo había sido alcanzado, y el destino de los tres hombres estaba sellado. A cambio de su libertad, se habían convertido en participantes voluntarios en la explotación de la mina de oro por parte del dictador.

Al salir de la habitación poco iluminada, Enrique no pudo evitar sentir una mezcla de alivio y remordimiento. El camino hacia su libertad estaba despejado, pero estaba manchado por su participación en los planes de Trujillo.

En los días que siguieron, Mario, Enrique y Pablo trabajaron incansablemente para cumplir con su parte del trato. Supervisaron la extracción de oro de la mina de Pueblo Viejo, observando cómo el metal precioso era transportado para servir al insaciable apetito de riqueza y poder del dictador.

Sin embargo, su acuerdo con Trujillo venía con una advertencia. Serían libres, pero tendrían que aceptar ser deportados a Italia una vez que su tarea estuviera completa. El dictador se había asegurado de que nunca revelarían los secretos de la mina ni el alcance de su explotación.

Mientras trabajaban bajo el régimen opresivo, la promesa de libertad era un faro lejano, un rayo de esperanza en la oscuridad. Sin embargo, tuvo un alto precio, y la carga de sus decisiones pesó mucho en sus corazones.

CAPÍTULO 32

La voz de Enrique temblaba de agotamiento y frustración mientras se dirigía a sus compañeros de trabajo en lo profundo del vientre de la montaña. El calor agobiante y la incesante rutina del trabajo pesaban mucho sobre él, pero la promesa de libertad alimentó su determinación.

—Hemos llegado hasta aquí —declaró, y su voz resonó en el túnel poco iluminado—. "Nos hemos enfrentado a dificultades que romperían a la mayoría, pero seguimos aquí, juntos. Recuerden por qué estamos haciendo esto, por qué soportamos estas condiciones: es por nuestras familias y nuestro futuro".

Los trabajadores a su alrededor asintieron en silencio, con sus rostros marcados por la determinación. Sabían que el colosal túnel que estaban construyendo no era solo un monumento físico; Era un símbolo de su desafío y esperanza.

A medida que los días se convertían en semanas y las semanas en meses, Enrique, al frente de su equipo, se maravilló de la magnitud del túnel. Parecía que se extendería hasta el corazón mismo de la tierra. El aire estaba cargado de polvo y olor a sudor, pero sus espíritus permanecían intactos.

Con cada pico del pico, el roce de las palas contra la roca y el ruido sordo de los martillos sobre la piedra, avanzaban. La presencia del dictador se cernía sobre ellos como un espectro, y comprendieron muy bien el precio del incumplimiento.

Los pensamientos de Enrique se dirigían a menudo a su familia, a Isabella y a su hijo Mario. Eran la razón por la que había tomado la angustiosa decisión de aceptar el trato de Trujillo. La promesa de seguridad y libertad para sus seres queridos fue el rescoldo de esperanza que lo mantuvo en pie.

A medida que el túnel se acercaba a su finalización, no pudo evitar sentir una mezcla de emociones. Fue un logro monumental, un testimonio de la resiliencia humana.

Sin embargo, también fue un duro recordatorio de los compromisos morales que habían hecho a la sombra de un régimen brutal.

Con cada capa de roca que retiraban, era como si estuvieran desenterrando los secretos de la montaña, revelando el oscuro vientre del dominio de Trujillo sobre la tierra.

La voz de Enrique se hizo más fuerte mientras se dirigía a su equipo una vez más. "Este túnel puede ser un símbolo del poder de Trujillo, pero también es un testimonio de nuestra fuerza y unidad. Somos supervivientes y perduraremos. Nuestras familias cuentan con nosotros".

Sus palabras resonaron en quienes lo rodeaban, forjando un sentido de camaradería entre los trabajadores. Mientras trabajaban en las profundidades de la tierra, el monumental túnel se erigió como un símbolo de su desafío, un testimonio de su determinación de soportar los tiempos más oscuros por la promesa de un futuro mejor.

Enrique a menudo se encontraba pensando en el día en que finalmente serían libres y sus familias estarían a salvo. El túnel que habían construido era más que un simple pasaje a través de la roca y la tierra; Era un pasaje hacia un futuro mejor, un futuro por el que habían luchado y que pronto reclamarían como propio.

CAPÍTULO 33

El colosal túnel se había convertido en un testimonio de la resistencia y la determinación de Mario, Enrique y su equipo. Se extendía profundamente en el corazón de la montaña, un monumento al régimen opresivo de Trujillo. Con cada día que pasaba, mientras se esforzaban por extraer el precioso oro, estaban más cerca de completar su parte del oscuro trato.

Sin embargo, la inminente finalización de su monumental tarea tenía un alto precio: una deuda con el dictador de la que no podían escapar. El acuerdo siempre había sido claro: su libertad llegaría a costa de una eventual deportación a Italia.

Enrique sabía que ese momento llegaría, que su pacto con el diablo exigiría su merecido. Mientras observaba cómo se retiraban las últimas capas de roca del túnel, no pudo evitar sentir una sensación de inquietud.

El día de su partida llegó sin previo aviso, como convocado por los caprichos del régimen. Lo llamaron a una oficina austera, con el corazón cargado con el conocimiento de lo que le esperaba. Era una escena sombría, bañada por el brillo apagado de una sola bombilla parpadeante.

En el ambiente frío y estéril de la oficina, un funcionario de semblante severo le entregó a Enrique un pasaporte y un billete de ida a Italia. El intercambio fue enérgico y formal, desprovisto de cualquier espacio para la discusión o el lujo de las despedidas. El régimen opresivo, conocido por su falta de sentimientos, orquestó las salidas con una eficiencia férrea que no dejaba espacio para despedidas emotivas. En esos momentos fugaces, Enrique sintió el peso de dejar atrás a Isabella y al pequeño Mario, una carga que se asentó pesadamente en su corazón.

Al aceptar el pasaporte, sus pensamientos volvieron a la vida que dejaba atrás: la casita de la avenida Villaespesa, el aroma de la cocina de Isabella y las risas del pequeño Mario que resonaban en las habitaciones. La perspectiva de ser separado de su familia lo carcomía, dejándole un dolor indeleble.

La expresión impasible del funcionario permaneció inalterable, indiferente a las luchas personales que Enrique estaba soportando. Con los documentos en la mano, Enrique supo que el rumbo estaba marcado, y no tuvo más remedio que seguirlo. Las palabras de despedida se le atascaron en la garganta, sin pronunciar y reprimidas por el aire autoritario que lo rodeaba.

A medida que Enrique caminaba hacia la puerta de salida, sus pasos se sentían más pesados con cada momento que pasaba. La conciencia de que tal vez no sería testigo de las alegrías cotidianas y los hitos de la vida de su familia intensificó la sensación de pérdida. Sin embargo, se aferró a la esperanza de que este sacrificio sería temporal, que algún día se reunirían y construirían un futuro juntos.

Al abordar el avión, Enrique echó una última mirada anhelante al paisaje dominicano que desaparecía bajo las nubes. La exuberante vegetación, el paisaje urbano familiar y los recuerdos de su vida en Santo Domingo se difuminaron en una conmovedora despedida. Poco sabía que esta partida marcó el comienzo de un viaje lleno de incertidumbre y desafíos, un viaje que pondría a prueba la resistencia de su espíritu y la fuerza de su amor por Isabella y Mario.

La promesa de libertad estaba a su alcance, pero era agridulce. El alcance del dictador se extendía mucho más allá de las costas de la isla, y Enrique sabía que, incluso en Italia, no estaría libre del espectro de Trujillo.

El vuelo a Italia fue un viaje a lo desconocido, un marcado contraste con los túneles y las minas de la República Dominicana. Era un camino que había sido pavimentado por el sacrificio y el compromiso, un camino que lo alejó de la tierra que había llamado hogar.

Cuando el avión aterrizó en suelo italiano, Enrique no pudo evitar sentir una sensación de añoranza por su familia y su tierra natal. Sabía que su partida marcaba el final de un capítulo y el comienzo de otro, pero el espectro del túnel colosal y del régimen opresivo del dictador persistía en sus pensamientos.

El túnel monumental y el trabajo que había realizado en las profundidades de la tierra serían para siempre parte de su historia, un testimonio de los sacrificios hechos por el bien de la familia y la libertad. En Italia, tendría que encontrar un nuevo camino, una nueva forma de apoyar a sus seres queridos, pero los recuerdos de la República Dominicana y el monumental túnel siempre permanecerían con él, un recordatorio de la resiliencia del espíritu humano frente a la adversidad.

CAPÍTULO 34

Enrique apenas había aterrizado en Italia cuando llegó una carta con el conocido sello de la República Dominicana. Reconoció la letra al instante: era la de Isabella. Con manos temblorosas, abrió el sobre, con el corazón latiendo con espanto.

Al leer las palabras escritas por su amada, un escalofrío se apoderó de él. La noticia fue devastadora: la muerte de Mario en un accidente de helicóptero durante una misión de exploración. Las circunstancias estaban envueltas en misterio y las implicaciones eran ominosas.

Las lágrimas brotaron de los ojos de Enrique mientras leía la carta, sus emociones eran una mezcla tumultuosa de dolor e ira. Era un cruel giro del destino que había arrancado a su amado hermano de él, justo cuando comenzaban a reconstruir sus vidas.

"El choque... no fue un accidente —se susurró Enrique, con la voz entrecortada por la tristeza y la incredulidad—. Cuanto más leía, más claro se volvía que la muerte de Mario no era una mera tragedia; Fue un acto calculado, diseñado para eliminar a aquellos que se interponían en el camino de la codicia insaciable del régimen.

Enrique no pudo evitar sentir que una ira hirviente se acumulaba dentro de él. El alcance del régimen se extendía incluso a Italia, y parecía que nadie estaba a salvo de sus garras. A Mario le habían quitado la vida, y estaba claro que el régimen opresivo no se detendría ante nada para asegurar su riqueza y poder.

Al dejar la carta, los pensamientos de Enrique fueron consumidos por una sola determinación: buscaría justicia para su hermano. Mario merecía algo más que ser una nota a pie de página en la oscura historia del dictador. Merecía ser recordado por el alma valiente y dedicada que había sido.

Con el corazón apesadumbrado, Enrique se dio cuenta de que no podía darle la espalda a su pasado. Tuvo que enfrentarse al régimen, descubrir la verdad detrás de la muerte de Mario y asegurarse de que la memoria de su hermano siguiera viva.

El recuerdo de su hermano y la promesa de justicia impulsaron un nuevo viaje, uno que lo llevaría de regreso a la República Dominicana, de regreso a las sombras del colosal túnel, para desentrañar los misterios que rodearon el trágico final de Mario. Fue un viaje lleno de peligros e incertidumbre, pero Enrique sabía que no podía descansar hasta desentrañar la verdad y buscar retribución por la prematura muerte de su hermano.

"A eso se refería mi padrino", susurró Tony para sí mismo, las palabras flotando en el aire como un secreto desvelado. Tenía los ojos muy abiertos, atónito y asombrado por las profundas verdades que acababa de descubrir en las páginas del diario de su abuelo.

La lluvia afuera parecía hacer eco de la tranquila intensidad dentro de la mente de Tony. Trazó las líneas de las palabras en las páginas envejecidas, cada revelación era una gota en el vasto mar de la historia familiar. Las historias, una vez enterradas en el silencio del pasado, habían encontrado su voz, y Tony era el oyente, un testigo de las historias no contadas que habían dado forma a su identidad.

La lluvia golpeaba suavemente los cristales de las ventanas del apartamento de Tony en el Bronx, creando un ritmo relajante que envolvía la habitación. El suave resplandor de la lámpara proyecta sombras en las paredes, creando un capullo de calidez y soledad. El aire en el interior estaba lleno del aroma terroso de la lluvia, un telón de fondo reconfortante para el momento de revelación que acababa de desarrollarse.

Tony estaba solo en la habitación con poca luz, rodeado por los ecos del pasado de su abuelo. Las páginas del diario estaban abiertas ante él, llenas de relatos escritos a mano de una historia que había estado oculta, una historia que había moldeado la vida de quienes lo precedieron.

La habitación se sentía cargada con el peso de las revelaciones. La mente de Tony se aceleró, conectando los puntos entre los susurros del pasado y el momento presente. La lluvia afuera se intensificaba como si la naturaleza misma estuviera prestando su voz a la narración que se desarrollaba.

Mientras Tony estaba sentado allí, una miríada de emociones bailaban en su rostro: asombro, curiosidad y un profundo sentido de conexión con el linaje que había allanado el camino para su existencia. Las gotas de lluvia en la ventana parecían marcar un ritmo de continuidad, un recordatorio de que las historias del diario no eran incidentes aislados, sino hilos tejidos en el tejido del tiempo.

El apartamento, normalmente bullicioso con los sonidos de la ciudad, ahora mantenía una quietud casi sagrada. Las revelaciones dentro del diario habían lanzado un hechizo, transformando lo mundano en extraordinario. Era como si la habitación se hubiera convertido en un santuario donde convergían el pasado y el presente, donde el legado de su familia se desplegaba como los pétalos de una flor olvidada hace mucho tiempo.

En ese momento de tranquilidad, Tony hizo un voto silencioso: llevar adelante estas historias, ser el portador de la antorcha que iluminara las sombras de la historia de su familia. La lluvia continuó su suave sinfonía en el exterior, que proporciona un telón de fondo a la introspección de Tony.

CAPÍTULO 35

Enrique se había asentado en su vida en Italia, viviendo con el recuerdo siempre presente de Mario y sus sueños compartidos. La búsqueda de justicia para su hermano se había convertido en la fuerza motriz de su vida, guiando cada una de sus decisiones y manteniéndolo enfocado en el camino que tenía por delante.

Una mañana fresca, mientras el sol proyectaba un cálido resplandor sobre el paisaje italiano de Florencia, Enrique se encontró en su pequeña mesa, absorto en sus pensamientos. Acababa de terminar su espresso matutino cuando el sonido familiar de una carta deslizándose por la ranura del correo rompió el silencio.

Alargó la mano hacia el sobre y, al ver la letra familiar, su corazón se aceleró. El remitente no era otro que Isabella. La sola visión de su nombre lo llenó de anticipación y anhelo.

Con manos temblorosas, Enrique abrió cuidadosamente la carta, sus ojos escudriñaron las palabras de Isabella. Era una carta llena de noticias que cambiarían sus vidas para siempre, un mensaje de esperanza y promesa.

"Enrique", comenzaba la carta, "tengo las noticias más increíbles para compartir contigo. El martes 30 de mayo de 1961 tuvo lugar un acontecimiento trascendental. Rafael Trujillo, el dictador que había proyectado una oscura sombra sobre nuestras vidas, encontró su fin en una violenta emboscada".

En esa fatídica noche, los conspiradores, armados con revólveres, pistolas, una escopeta recortada y rifles, se posicionaron estratégicamente a lo largo de la ruta que tomaría Trujillo. La CIA, en su red de intrigas, había suministrado algunas de estas armas. El punto de encuentro se estableció cerca del Teatro Agua Luz, en la carretera que conduce a San Cristóbal. A las ocho de la noche, los asesinos estaban en el lugar, esperando la llegada de Trujillo.

Al filo de las diez de la noche, Trujillo y su chofer emprendieron su viaje en el Chevrolet, rumbo a la casa de su novia, Mona Sánchez. Los conspiradores eligieron una sección de la carretera con un tráfico mínimo. A medida que el automóvil de Trujillo se acercaba, Imbert, uno de los conspiradores, aceleró su vehículo en su persecución. Los minutos siguientes fueron un frenesí de balas, con casi 30 atravesando el auto de Trujillo. En un intento desesperado por defenderse, el chofer de Trujillo respondió disparando con una ametralladora.

Herido y acorralado, Trujillo salió del auto en busca de sus agresores. De la Maza e Imbert regresaron, sellando el destino de Trujillo. El despiadado acto se desarrolló en ese camino desolado, y Trujillo cayó, abatido por quienes buscaban liberar a nuestra tierra de su tiranía. Su vida terminó en ese mismo lugar. En un giro macabro, los conspiradores colocaron el cuerpo sin vida de Trujillo en el maletero de un automóvil, estacionándolo discretamente a dos cuadras del consulado estadounidense.

Mientras Enrique leía las palabras de Isabella, no pudo evitar sentir una ola de emociones brotando dentro de él. El alivio, mezclado con la incredulidad, se apoderó de él. La fuerza opresiva que había destrozado sus vidas, el hombre que había perseguido sus sueños, ya no existía.

La carta de Isabella continuó: "La noticia de la muerte de Trujillo ha conmocionado a través de la República Dominicana y más allá. La nación se encuentra en una encrucijada, tambaleándose al borde del precipicio de la incertidumbre, pero también llena de esperanza para un futuro mejor".

Con cada palabra, la esperanza de Enrique crecía y un nuevo sentido de propósito comenzó a echar raíces.

Isabella continuó expresando su anhelo por su reencuentro. "Apenas puedo contener mi emoción, Enrique. Con el reinado de miedo y opresión de Trujillo llegando a su fin, me atrevo a esperar que podamos estar juntos de nuevo. Es posible que la sombra que se cernía sobre nosotros finalmente se esté levantando".

Las lágrimas brotaron de los ojos de Enrique al leer esas palabras. La perspectiva de volver a ver a Isabella, de reunirse después de todo lo que habían soportado, lo llenó de una profunda alegría. La posibilidad de un futuro juntos, libre de miedo y opresión, estaba a su alcance.

Al leer las últimas líneas de la carta, el corazón de Enrique se llenó de emoción. "Anhelo verte, tenerte en mis brazos una vez más", escribió Isabella. "Juntos, podemos enfrentar lo desconocido con coraje y determinación. Nuestro amor ha perdurado a través de los tiempos más oscuros, y ahora, hay esperanza en el horizonte".

El mundo pareció tomar una nueva luz cuando Enrique dobló la carta, apretándola contra su corazón. La caída de un tirano había abierto la puerta a un futuro que alguna vez fue inimaginable, un futuro en el que podrían estar juntos, en el que se podía buscar justicia y en el que las sombras del pasado finalmente podían comenzar a retroceder.

Enrique sabía que el camino por delante seguía siendo incierto, pero con el mensaje de esperanza de Isabella en su corazón, sintió una determinación inquebrantable. Era una promesa de que el pasado ya no definiría su futuro, y que el amor y el coraje guiarían su camino.

Con renovado propósito, Enrique contempló el paisaje italiano, con una sonrisa en los labios y un destello de esperanza en los ojos. El siguiente capítulo de su viaje acababa de comenzar, y las posibilidades eran infinitas.

FIN ¿O sí?